不倫

◉章緣／著

聯合文叢
585

目次

【自序】

天眼偶開

為什麼寫呢?在這喧囂的世界裡,誰在讀純文學小說?誰還在用心閱讀,如進入迷宮的孩子,努力追隨線索,一步步抵達出口,或如來到奇幻屋,被逗笑被震懾,無論美好或醜陋,什麼都允許它發生。如此安於在為你準備的小說世界裡,不是匆匆經過,或是過門不入,這樣的人,還有沒有?

我不知道。

但為什麼不寫呢?我總是為自己而寫。有朋友幾次央求我寫他的故事,殊不知他的故事如果提供了小說的框架,那血肉還是我的,提供了血肉,那情感還是我的,即使能異常完整從裡到外,讓它活過來的那口氣,也還是我的。借聽聞的人事物為酒杯,澆寫作者的塊壘,當字成句,句與句成段,意念自由浮現,故事有了雛型,突來的轉折和領悟,那天光雲影,那驚濤駭浪,是否非如此不可,我不知道,只是順著它去,一起發現深埋心底的是什麼,與他人接通的又是什麼。我能堅持並一直在努力的，不過是誠實面對。

整理過去三年寫下的短篇小說，只有寥寥八篇，背景有我長居的大陸、故鄉台灣，還有第二故鄉美國。無論主場景在哪裡，人物都具有多種文化背景和歷史記憶，這也是越界族群的特色，而這一回，他們有的是行為出格，自行其事，有的是情感越過世俗疆界，流向心所屬的地方。人都想正常，但不樂意平常。那些有違常理背離常軌的事，讓你之所以為你，而不是其他任何人。客觀來說，我的小說既不是神奇的迷宮也非奇幻屋，就是一幢平常的小樓，突然窗玻璃被匡噹擊碎，底下的過客驚詫抬首，不知道什麼會從碎玻璃之間顯露出來。

小說能承載的，往往比作者自己知道的還要多。「偶開天眼覷紅塵，可憐身是眼中人」，寫作者有時只是天眼偶開，看到芸芸眾生的怨憎會、愛別離、求不得等種種煎熬，而自己不過是眾生之一。

謹以此書獻給夏婧和吳凡。

章緣

不倫

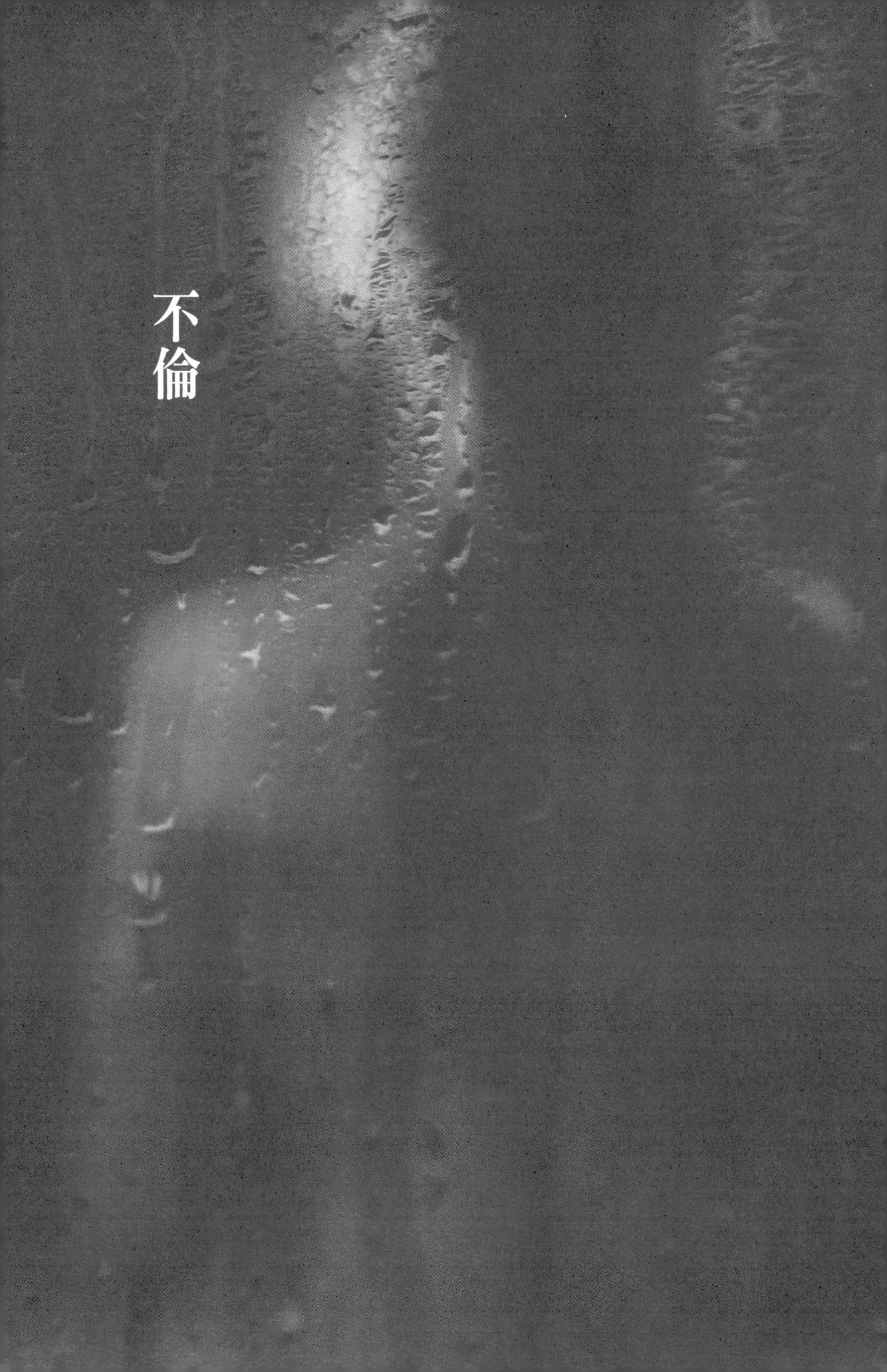

有些事是這樣的，除非臨到自己頭上，不會真瞭解箇中滋味。

那時她住在紐澤西一個靠近華盛頓大橋的小鎮，開車過橋到紐約市，只要十來分鐘，鎮裡住的多是像她這樣通勤到紐約市的上班族。她在一家律師事務所當高級助理，主要負責華人移民申請，因為通中文，雖然是助理，申請者對她更要推心置腹一點，主要也是講不來英文。

急著辦身分的這些人，在餐館打工或在華人家庭幫傭，做著勞動低薪的活兒，最大願望是盡早辦好身分，享受美國福利，也換個像樣點有尊嚴的工作。「蘇菲亞，」他們討好地對她堆起笑容，「幫個忙，問問律師案子怎麼樣了？」申請案總是不順利，有時是移民局的要求達不到，有時是律師藉故增加費用，有時是申請者時運不濟。

沒有人像她跟蕭這樣一步到位。她從台灣到美國時，父母親早就拿到身分住在聖荷西，替她辦好綠卡，第一趟來美國就是來拿綠卡。回台灣後，跟大學同學蕭結婚，一起到紐約讀書、就業，蕭的身分憑這樣的關係，比其他朋友都快辦下來。因為婚姻而有身分。她經手過很多這樣的申請案，大多是美國老先生娶華裔女人，女人一般都要年輕個二十歲，辦結婚手續後取得臨時綠卡，過兩年再申請永久性綠卡。

這種案件因為有假婚嫌疑，要經過嚴密詰問。碰上男人年紀大記性差，答非所問，案子被拒絕的也有。女的聽到結果往往在事務所裡就哭了，抽噎得喘不過氣來，整張臉漲得通紅。

印象最深刻是黃娟，蘇州人，四十三歲，頗有幾分姿色，也有高中學歷，苗條的身形看在美國移民官眼裡不過三十來歲，嫁的是七十幾歲從台灣來的邱先生。填表辦手續時，她提醒過黃娟，這種案子不能保證成功。花錢尋律師辦的通常是疑難雜症，但像他們這樣年齡懸殊，外貌差異巨大，難度就更高了。邱先生得過一種皮膚病，臉脖和手臂布滿咖啡色的塊斑，這還是露在衣服外可見的部位，黃娟則膚細如瓷，一張精緻的黃皮繃在小小倒三角的臉架上，兩道修得細細的眉，鳳眼薄唇，唇邊一顆美人痣，可以想見年輕時的風采，不知為何流落到紐約，下嫁像蟾蜍一樣的老先生。

黃娟的案子被拒後，律師再度幫他們申請，讓她仔細教他們應答的技巧。面談時，夫婦分開來問話，內容從所用牙膏牌子、喜歡的食物到衣物尺碼都有可能。她把手上一疊模擬題給了黃娟，要他們回去多練習。黃娟歎氣，「就怕老邱記不住。」上回移民官問了，太太身上有沒有手術疤痕，邱先生說沒有，但黃娟腹上明明就有剖腹生產的刀疤，是前一任婚姻裡留下的。

昨天晚餐吃什麼？最近一次做愛是何時？最愛喝哪個牌子的咖啡？別說是他們這種沒有真愛的婚姻，即使是她跟蕭從大學到現在，有些也答不出來。一切生活習慣早就習而不察，重要生命細節被時光淘洗得影像模糊，就像鮮豔的彩布在日復一日洗滌曝晒下褪了色，趣味、嗜好、體型的與時改變，更讓標準答案無處尋覓。難道要巨細靡遺知道對方所有一切，資料庫隨時更新，才是真的婚姻生活？

黃娟眉頭深鎖，「妳說我冤不冤？兩年了，每天陪著他，從早到晚，」她聲音低下去了，像耳語，「這種老男人……」

「這種老男人」，不是單指下嫁的那個人，是老男人這一族群。久不沾葷的老男人。也有年輕男人娶老女人，這種案例少，更難通過，不分中外，大家都習於男大女小的組合。

是娶老女人的男人難，還是嫁老男人的女人苦？

她比蕭小兩歲，大學時就在一起了。年齡外貌學歷都相當，是最正常的組合。這份「正常」也不是沒有經過考驗。他們沒有生育。蕭有兩個哥哥、一個妹妹，家裡對長年在海外的老三是否生育不太在意，逢年過節一家團圓，想起來嘮叨兩句，等他們回到美國，一切嘈嘈切切的私語又退到幕後。女人到四十，沒生也就不會再生了，時光自動幫他們消音，大金囍字貼在深紅絨布縵上，布縵此時真的拉攏了，擋住那些以關心為名的刺探，不必要的同情，好事者的眼光。她跟蕭團抱著，世界裡只有他們倆，就這樣攜手終老於美國吧！到佛羅里達州買個農場，或到氣候溫和的聖荷西陪伴老母，靠著兩人的積蓄和社會安全福利金，以及多年來各自養成的嗜好（蕭是西洋棋和高爾夫球，她是花藝和游泳），足以安度晚年。

沒有生養讓她有青春常在的錯覺，快四十的人，還像三十歲的女人打扮得亮麗時髦，身材苗條。她永遠是女兒，不會躍升（或墮落）為母親，站到彼岸，看到世界的另一面，她也不好奇那不同的視角。「母親像月亮一樣」，兒歌一遍遍唱，但月光是那麼地冷。於是衰老在隔壁等著，在下個轉角，今日是年輕，明日就是衰老，沒有中間十幾年養育兒女的過渡階段，沒有下一代在那裡拉扯推搡，興興轟轟以愛憎責任和期待填補續寫她的人生，她只是一個人飄在空中，一個人。當了媽媽的女人，老得理直氣壯（血肉和青春都用來滋養子女了嘛），而她注定要自作自受地老去。

睡前總有絲疑惑，也許明天醒來自己就老了，最明顯的是三十五歲一過，每一週都是一晃眼，過去熱烈期待的週末，像免費大贈送似地一個個來。如果蕭沒去打球，他們便驅車往北往南，或到鄰州，在無名小鎮的小餐館用餐。有時經過一些傍湖的度假小屋，群山環繞，屋後木條鋪成的甲板，小孩抱了泳圈從甲板跳進湖裡，尖叫大笑濺起水花。就在這樣的地方養老吧！喜歡水的她想，即使不會有孫子孫女抱著天鵝泳圈在水裡載浮載沉，也不能馱著小小軟軟的身軀泅水，像小時候爸爸馱著她。可是蕭喜歡大片草地，建議找個有高爾夫球場的高級養老社區。週末兩人在車裡總要吵架，吵到一方累得無法再回嘴為止。

蕭最近跟誰在哪裡打高爾夫？為什麼沒有生育？將來要如何養老？這些問題她的答案不會跟蕭相同。

母親在電話裡說，找了個房客。她一直主張母親找房客。三年前父親去世後，她看得出母親害怕獨居。母親向來怕黑，幾次抱怨屋子裡有怪聲，尤其深夜。左鄰右舍都是白人，只有兩個街口外有個華人家庭，以前夏天還會請母親到家裡烤肉，後來也搬走了。

現在母親的交遊圈全集中在老人中心，自己開車，到老人中心或緊鄰的圖書館。母親老得很優雅，小女孩一樣細柔的嗓音，嬌小的身材，受日式教育而堅信出門一定要化妝，說化妝是一種禮貌。記憶裡的母親一直都化妝，在洋行上班時，搬到美國後，只要出門總是打扮得很整齊。她本來疑惑，六十多歲的母親為何還熱衷打扮？眼影都塗不上去了，眼皮皺褶得太厲害。去了老人中心才知道，在那裡，母親還年輕，還好看。

母親週一到週五中午在老人中心用餐，那是老人福利之一，餐費很便宜，有葷有素還有牛奶水果，省去自己買菜烹煮的麻煩。母親總是坐固定的一桌，靠門那桌。那桌有約翰，一個不分四季戴花格子帽的老先生，還有一個喜歡開玩笑看偵探小說的杰克，都是喪偶單身，一左一右如護花使者坐在母親身旁。「約翰不喜歡吃水果，水果總是送給我……杰克跌了一跤，一個多月沒來了……」母親在電話裡報告老友近況。還說在圖書館認識了一個亞當，相貌堂堂，看來六十開外。亞當一直在猜母親年齡，「五十五、五十六、五十七？不可能更多。」母親嬌羞地笑了。關於亞當的話題持續了三個星期，之後再沒提起。她問起，母親支支吾吾，問煩了才壓低聲音彷彿電話有人竊聽，「有一天晚上他打電話來說，露西，」露西是母親的洋名，「露西，我現在一絲不掛。」

母親說到此，笑得講不下去，再三叮嚀：「千萬別跟人說。」那個赤裸的亞當，到底想幹嘛？母親不交代，她也不會跟任何人說，怕破壞母親的形象。端莊賢淑，母親向來如此，說話從來不提高嗓門。是這個地方，是那些放蕩恣意的美國男人，還是母親已經到了不在乎的年齡？她發現自己暗暗責怪母親，儘管並非母親主動。

會不會有一天，母親真的跟這些男人交往？黃昏之戀。然後，她就有了繼父。當然，在美國是不用喊爸的，如果是亞當，就喊亞當，如果是約翰就……獨居的母親，實在需要一個伴，省得天天往老人中心跑！

母親當時堅決不肯。「一個人住慣了，找個房客多不自在。萬一是壞人呢？」

「找個女的，華人，這樣既有房租可收，還有人作伴，房租算便宜點，沒那麼難找的。」

當母親說有房客且是華人時，她著實高興。賈姬，大陸來的，在同鄉開的寵物店裡打工。還有，家裡現在養了隻狗，是金毛獵犬，六個月大。

看來母親的生活有很多變化，不像她。她也想過養狗。美國人常把像金毛獵犬這樣的狗放在副駕駛座上帶進帶出，狗探頭出窗張望，伸出長長的舌頭，跟好奇的小孩沒兩樣。但她跟蕭每年都要出國度假，還要跑台灣和聖荷西探望父母，養狗不方便。小孩都不生了，哪會去養狗？他們的人生都是計畫好了的。

那天，她打電話去，接電話的卻是個年輕男人。不可能撥錯，號碼是預先輸好，按鍵就通的。

「嗯，露西在嗎？」

「請等一下。」男人的英語有華人口音。

母親來接電話，聽起來心情很好。

「怎麼家裡有個男的？」

「沒告訴妳嗎？是賈基啊！」

原來是假姬。

偏偏那幾天報上一個新聞讓她忘不了。就在紐澤西北部一個中學，一個三十六歲的白人女教師跟十五歲的黑人學生發生關係，因為誘拐未成年人獲罪，必須入獄服刑，而女教師已經懷孕。男學生說他會等，等她出獄，他們將組成家庭。女教師原有家庭，兒子跟年輕愛人差不多大。報導說，女教師被起訴後，男學生被家長看管起來，而兩人竟然還偷偷見了一次面。女教師開車，在男學生家附近等候，等男學生溜出來，把車子開到荒郊，又發生了關係。

不倫之戀，這四個字跳出來。倫是什麼？是人跟人之間的正常關係，社會所認可的關係。新聞裡的男女，一下子跨過許多界線：黑白族裔、師生關係、婚姻盟約，還有年齡。一個三十六歲成熟的女性，為什麼做出這樣的事？放棄家庭、工作和名譽，為一段不可能有未來的感情，甚至願意為年輕愛人生養小孩。這新聞她揮之不去。而現在，母親找了個年輕的男房客。

她沒有跟蕭說自己的擔憂，反而跟安娜提了幾句。安娜也從台灣來，兩人是泳伴，每個星期一和五都到健身房報到。安娜比她大幾歲，有個兒子正值青春期，常對她訴苦。安娜說兒子，她說母親，還有不倫之戀。

「像我們這種乖乖牌，只要婚姻沒出問題，一輩子就一個男人，人家羨慕我們生活平順，我們也覺得正該如此。」安娜戴個紫色蛙鏡像外太空人，胸部已經下垂，鬆吊在泳衣裡，「美國女人無法想像我們這樣，她們婚前有過多少性伴侶，婚後也不見得沒有。我們還自認幸福，誰知道？」

她跟蕭大學就在一起了，一輩子只有蕭一個男人。「我就是不懂，那個女教師是著了什麼魔？總該不會只為了性？」

「妳問我？我是性冷感。」安娜笑嘻嘻潛進水裡去了。

她把今年的休假全拿了，一共十二天。訂了去聖荷西的機票，本想來個突襲檢查，後來還是在前一天給母親打了電話。是賈基接的。這回兩人用中文，賈基說起話彬彬有禮，用台灣人少用的敬語「您」。她也很客氣，但語氣冰冷，公事公辦就像應付事務所裡那些華人。

「露西會很高興的，她常說起您。」

她聽了覺得很彆扭。一個二十來歲的小夥子，喊六十五歲的母親露西，但又對她使用敬語。聊了幾句，打聽出賈基來美國一年多，跟母親在寵物店裡認識。母親想養隻狗作伴，在院子柵門掛上「小心有狗」的木牌，嚇退宵小。他幫她挑了一隻好狗，取名瑪姬，幫她訓練大小便、坐臥等規矩，母親教他英文作為交換。他常來走動，最後成了房客。

她馬上知道，職業的本能，此人身分黑掉了，逾期居留，正在想方設法辦身分。年輕男人找上老女人，因為老女人容易哄騙。她會讓他曉得，這一招行不通，移民局面談時馬上會被拒絕。

母親說會來接她。她拖個拉杆箱，背一個小包，機場外頭是那部熟悉的白色本田，母親笑咪咪對她招手，從副駕駛座。駕駛座下來一個身材高大的男子，戴墨鏡，笑咧一張闊嘴，搶上前來替她拿行李。上了車，見母親穿一件小黃花洋裝，顯得年輕了十歲。加州這裡喜歡穿得花裡胡俏，而紐約無論老少都喜歡黑色，整個城黑壓壓一片。設計婚紗有名的王薇，電台採訪參觀住家，打開衣櫃，全是黑色。相對於婚紗的白色，這是怎麼樣的一個黑白人生？

母親的花園顯然精心打理過，草地理得像綠板刷短而齊，沒有一根雜草，廊簷下的黃玫瑰盛開，每一朵都飽滿得像今晨才綻放，進門紅磚地上一左一右兩個大盆，一個裡頭亭亭立一株散生著褚紅葉子的日本楓樹，一個是天堂鳥花，頂著橙黃冠毛的大鳥從綠葉縫裡探出頭，緊閉的長喙下了決心什麼都不吐露。而父親當年手植的星星茉莉，綠葉上鋪滿小白花像滿天繁星，濃郁的香氣讓她打了個噴嚏。

上回來時母親抱怨園丁做事馬虎，房子外牆的油漆剝落，花園裡的地燈也有幾個不亮，入夜後，零零落落亮起的地燈就像賓客走掉一半的筵席。這樣逐漸寥落的門面，是在父親走前半年開始的。母親堅決不換地方。「住慣了，這房子我跟妳爸住了十五年！」可是母親一輩子小鳥依人備受疼惜，動嘴不動手，一棟大房子實在是太大的負荷。

看來，賈基不但能馴狗，而且手腳麻利肯勞動。她不禁回頭，賈基把車停在車庫前，拉了她的行李過來，墨鏡摘下了，那是張有稜有角的臉，單眼皮的大眼睛，眉毛像兩道刷子黑而粗，穿一件杏黃色帶帽子的棉衫，牛仔褲用一條花皮帶繫在低腰，樣子跟她的想像完全不同。她想像中的賈基像那些到事務所來的華人，臉上有種小心翼翼，身形瘦小，血肉被異鄉給噬盡榨乾，即使長得高，也多半駝背。總之，不會有這種天清地朗的挺拔，明亮如星的眼光不閃不躲，尤其他的笑，笑得那麼舒坦。她暗叫一聲，哦，我的天。

事情比她想像的要棘手，對手比她想像的要難纏。她發現自己很快地緊繃起來，不是心理上的，是生理上的，吸氣縮腹，一掃長途飛行後的倦容，也回給賈基一個微笑，但願如初綻的黃玫瑰般嬌美。她完全能理解為何這個年輕人能輕易贏得母親的信任，如果不說「歡心」。

正在心神不寧時，一條長毛尾巴掃上小腿，然後兩隻熱情的前腳攀上大腿。

「瑪姬，不可以！」賈基一出聲，大狗就離開她身，回到賈基身旁搖尾巴。

「這是瑪姬。」賈基說，「牠很聽話，妳可以摸摸牠。」

「瑪姬。」她依言對大狗伸出手，瑪姬過來聞聞。她沒有摸牠，雖然牠看來無害還挺可愛，但這樣是否進展得太快？

瞭解對方需要時間，第一印象則在瞬間成形。印象不靠言語，是兩人接近時氣場氣味暗地裡交換了名片。那是動物性的交接，沒法用頭腦去理解，更無法控制自己喜歡或討厭。她懷疑瑪姬已經聞出了她所有能說的不能說的，包括她的疲累和困惑，她在飛機上吃的乳酪沙拉，以及她正來例假。

晚餐是一人半片烤鮭魚和一大盤綜合蔬菜沙拉加蜂蜜芥茉醬，賈基多吃了一份用微波爐煮熟的甜玉米和馬鈴薯，她跟母親喝檸檬汁，賈基獨灌一瓶可樂，圍成一桌，像個家庭晚餐。他們談加州的失業率居高不下和油價狂飆，然後話題轉到賈基打工的寵物店，在中國的家……

她聽出了這個房客是不用付房租的，但自從他來了，家裡再沒有關不緊的水龍頭、漏水的馬桶、不亮的燈。「你怎麼會這麼能幹？」中國一胎化政策下，年輕的一代大多四體不勤不諳家事。

「肯學就會，以後自己也要買房子吧，總得學。」賈基口氣不小。房子還排在後頭，有了錢先買車，現在上下班只能騎自行車去坐公車。

賈基是以什麼身分在這裡掙錢呢？身分。這是她的照妖鏡降魔棍。沒有人比她更清楚華人移民辦身分的內情和環節，一亮出這個，賈基絕對現出原形。只要他一撒謊，她就推翻從見面到現在快速累增的好感，回到公事公辦。

不急吧？不急著見面的第一頓晚餐就談這個。她在猶豫，沒想到賈基先開口。「蘇菲亞，」他兩手撐著大腿像個漢子，她很少在台灣男人身上看到這種陽剛坐姿，它只出現在武俠劇裡，「露西說您在移民律師事務所做事？」

「呀。」她點頭。沒有出招，不急著揭露真相。

「那我辦身分可以請教您了。」

「沒問題。」

「我拿的是學生簽證，沒讀下去，想轉工作簽證。」

「嗯。」她不置可否，「很多這樣的……」她喝了口檸檬汁，潤了喉將會有長篇大論，卻什麼都沒說。

「您們聊吧，我去餵瑪姬。」賈基把盤子收進洗碗機裡，告退了。

「不錯吧？」母親帶點炫耀，彷彿賈基是她的一件寶。

朝南的大套房，是母親的房間，她睡在朝西的客房，對面是客衛和賈基的房間。老房子隔音差，一點水聲都聽得到，她不嫌麻煩地到母親房裡去用衛浴。偶爾聽到賈基瀑布狂瀉的尿聲，卻不嫌棄，感覺比蕭那涓涓不止的聲音來得爽氣多了。

東西岸有三小時時差，她把百葉窗拉下，早早和衣而眠。不知睡了多久，聽到男人的低笑聲。她坐起來，試圖分辨那笑聲來的方向。雖然是六月，屋裡的溫度已經降下來，她身上在打哆嗦。腕錶上螢光指針指向十二。一陣狗吠，有點像狼嚎。是瑪姬嗎？滿月下，瑪姬長嘴向月，露出森森白牙，一個男人，裸著上身被月光浸得發亮……

她發誓，吃飯時她沒有朝賈基臉部以外的地方看，只是盯著他活潑靈動的眼睛，不時漾開來的笑容。但此刻，眼前出現了賈基結實的手臂，靠在飯桌上，筋肉飽滿含著黃銅般的光，汗毛長而密。轉身到水槽去時，臀部驚人地鼓翹，彎下身子放碗盤到洗碗機時，雙腿如此修長。她竟然無恥地照單全收。

原來那聲「哦，我的天」的驚歎，不是為母親，卻是為自己？向來知道男人是視覺性的動物，打照面時，他們打量妳胸部的大小，轉身離開時，他們看妳臀的擺動。但女性不是這樣的，至少她不是。她不曾渴望過一個男人的肉體。是年齡改變了她？熟女。水果熟透就要腐爛前發出陣陣膩人的甜香，再不吃就不能吃了。她用力抱住枕頭。

時差讓她起得很早，五點多就坐在客廳裡。從客廳可以看到後院，一帶緩緩起伏的土黃色遠山。瑪姬趴在樹下，半睜著眼，有時豎起耳朵，接收著她所聽不到的頻率。沙漠的涼風從窗外吹來，夾著花園裡的清芬，小鳥叫得十分起勁。一個聖荷西典型的大晴天。

她閉上眼睛打盹。再睜開眼睛，賈基站在瑪姬面前。在清冽的晨風中，他套著件鵝黃色夾克，一條天藍短褲，整個人就像這個早晨般清新。他很快替瑪姬戴上狗鍊，兩個悄悄出去了。

如果她自己是個熟透的蘋果發出甜香，賈基就像薄荷口香糖，一入口就讓人精神一振。她閉著眼，裹著晨褸斜靠沙發上，迷迷糊糊中，賈基悄悄進了屋子，在她面前站定，給了她一個薄荷味的吻。那個吻有點羞澀，恰到好處地動人。這是一個新角色，她要扮演的是引導、征服和繳械。二十幾歲的男人一觸即發，一點點肉色一點點眼風，都能讓他們立刻奮起。一個未婚的年輕男子，生活裡只有老房東和一隻狗，只能望著電腦視頻上暴露的女性胴體自我折騰。她感到他雙臂強而有力環抱住她，胸膛結實飽滿緊緊貼住她的胸乳，而那裡，那像鐵棍般堅硬的肉，抵住她，年輕迫切的喘息聲告訴她，他也多麼需要……

「蘇菲亞，起得這麼早？」

「啊，早。」她連忙坐起，驚覺自己尚未梳洗。

「我去上班了。」

「哦，拜拜。」

賈基彬彬有禮走了。她慶幸賈基不是瑪姬，無法單靠嗅聞就知道她剛才做了什麼。

是什麼讓偷情曝光、身敗名裂面對牢獄之災時，還一定要再見一次面，再做一次愛？生命到中游，不過是漸行漸緩，還能有什麼湍流險灘，還有什麼非如此不可的衝動？

賈基白日上班，母親不去老人中心，母女倆從早到晚守在一起。細細看過後院，粉白、嫩黃和鮮紫的鳶尾花互不相讓，李子樹纍纍掛了一樹的青果，賈基說可以做李子酒，夾竹桃後塌掉的一截籬笆，賈基已經買了木料，有空就會動手修整……賈基長賈基短，母親眉開眼笑，臉色滋潤有光，這表情在父親死後，不，死前許多年就不曾再見。對母親而言，這園子這房子，都只是必需品，只要有人能替她照料，她樂得一根手指也不動。她從來不知道母親真正愛什麼。母親愛她自己，這是能確定的，大凡極端愛美的人都自戀。如果，如果有這麼一個人可以照顧母親，讓她自覺美好，母親會接受這個人吧？

「賈基他，有居留身分嗎？」她小心探問。

「黑掉了。」母親倒很爽快，「他很煩惱，我跟他說，要身分不難啊！」

「怎麼說？」

母親彎下腰來嗅聞薔薇，身子骨柔軟得驚人，「娶個有身分的不就好了。」

她愣住了。

「這花怎麼不香？」母親不滿，「以前家裡的薔薇是香的嘛！」

「他沒有身分，妳還讓他住這裡？」

「有關係嗎？」母親說，在太陽下瞇起眼睛，「人跟人，是一種緣分。」

「有時候是孽緣。」她嘀咕著，轉身回屋去。

不可能，不會的。她甩甩頭，倒了杯冰檸檬汁。冰箱上面兩層寫著露西，下面兩層寫著賈基。母親跟賈基過日子有條不紊，她卻覺得天要塌下來了。在這即將傾塌的天幕下，賈基和母親一臉無辜的表情。

退一萬步，他們真的「相愛」（她倒抽口氣，這個俗爛的詞竟如此聳動），結了婚，也順利辦了身分，還能說這是不倫嗎？或者，能說這不是不倫嗎？

連著幾個晚上，半睡半醒之間彷彿聽到狗吠。

「半夜為什麼要叫？」早上她問瑪姬，瑪姬理都不理。

「吵到妳了？」賈基體貼入微。

「狗多大會發情？」她記得貓發情晚上就要喵嗚嗚地叫。

「時候還沒到，」賈基愛撫著瑪姬的背，瑪姬舒服地軟下身去，抬起一隻後腿，露出粉嫩的肚皮，「等牠一發情，附近的公狗都要發瘋了。」瑪姬準備好要交配的氣味，將會讓附近的公狗生出掙脫鍊子的力氣。她懷疑人是不是也如此，不分男女，充滿慾望的氣味悄悄散出。桃李不言，下自成蹊。也許，賈基就具有散布強烈肉慾氣息的特異功能，無堅不摧。

賈基在兩棵樹之間拉起一條粗麻繩，牛仔褲、白恤衫、大浴巾，一件件往上搭，麻繩吃重往下墜，就像她每日益發沉墜的心弦。

「你不用脫水機？」

「陽光多好，幾個鐘頭就乾透了，」賈基笑著看她，「曬乾的毛巾發硬，洗過澡擦在身上那叫舒服！」

怎麼這樣一句節能環保的話，也能讓她垂下眼睛？

賈基在眼前時，她一切如常，看不到他時，她放任心思跑野馬，最常停格在那一點，兩人相貼感到他的堅硬勃起。歲月真的改變了她，在賈基這個年紀，她無法接受男人對她有慾望，那是一種玷汙，她要柔柔牽動男人的心，不是其他的器官。但對賈基，一切都不一樣。能吸引這個人，讓他即刻血脈賁張，就是對她最大的讚美。又或許，歲月不是改變了她，是釋放了她。在年將不惑時，才瞭解，才嚮往，才渴望。

她白天黑夜都跟賈基在一起，現實的少，幻想的多，不過幾天，就像跟這個人認識很久了。說不清是為了看住母親還是管住自己，她刻意牢牢跟著母親，一起買菜、一起逛商場、一起蒔花弄草散步做晚餐。賈基總在吃晚飯前回來，也許這晚飯時間也配合了他的作息？吃飯時，她刻意不多話。吃畢，陪著母親看電視，賈基回房休息。接下來，就要等待，等待他從房裡出來，到廚房喝水，去車庫拿個什麼東西，陪瑪姬在院子裡玩。有母親在場時，她從不主動跟賈基講話，問一句答一句。她不知道自己更怕什麼，是確認母親的私情，還是被母親看穿她的慾望？

日子一天天過去，假期就要結束。這幾天跟蕭只通過一次電話，常常想起要打電話時，東岸的時間都太晚了。蕭早睡早起，生活十分規律，犯不著特別吵醒他。

老人中心的朋友杰克住進養老院了，女兒打電話來，希望母親有空時可以去探望，「我爸爸常說起妳。」母親放下電話，沒有一句感歎，只說明天正好賈基休假，也是蘇菲亞在聖荷西的最後一天，三人一起去吧。

母親對鏡細細抹上脂粉，專注地畫眉，穿上小黃花洋裝，戴上完美相襯的藍寶石耳針，對鏡左顧右盼，然後坐下來翹起腳穿絲襪。父親的告別式前，母親也在梳妝臺前耽擱很長時間。她悄悄退出來。

她開車，賈基看地圖，一路上說說笑笑像去遠足。車到養老院停車場，母親說：

「你們等我一下，我很快就回來。」

「不忙，您慢慢來。」賈基總是那麼體貼。

「哦，不，養老院不是我想久待的地方。」

母親砰一聲關上車門，她不由得顫了一下，汗溼的手緊張地抓著方向盤，克制奪門而逃的衝動。現實和夢境隔著多大的距離？想像的情節越奇情，現實裡就越安分。想過跟他在湖邊的小屋，那不再是養老之地，而是激情浪漫的度假小屋。他們從後院甲板跳入水裡，潑水嬉戲，當然是裸泳。她髮絲散揚如藻，陽光吻上油滑溼亮的皮膚，體液和湖水交融，水底隱隱有生苔的石頭壘壘，累了就伏在他背上，讓他泅她上岸。人是不斷振動的分子構造，有能量有磁場，不同的人激發不同的情態，一輩子怎能只有一個愛人！她好想知道跟這個人做愛時會如何分裂如何吞噬如何變形。

賈基吹起口哨，搖下車窗，去電臺裡找好聽的音樂，忙東忙西，突然遞過來一片口香糖（薄荷清香？），她連忙搖頭。

「這裡，就是美國老人住的地方？」

「嗯。」

「我姥姥跟我們住。」賈基說，「她跟露西差不多歲數。」那麼，他的媽媽不就跟她差不多？「你好年輕，我們，都老了。」

「不，露西她不像老太太，一點也不像，我們那裡的老太太，六十歲就穿黑衣梳包頭了，而您，您很年輕，漂亮……」

從上車到現在，她第一次轉頭看他。他把椅背調往後斜，躺坐在那裡輕鬆嚼著口香糖。噢，年輕。會發光的青春金粉，如果她伸出手去，手會沾上那粉，貼過臉去，臉也會發光。近在咫尺，如果。

「蘇菲亞，」他的叫喚讓她心裡一震，「蘇菲亞，妳能幫我指點迷津嗎？我的身分……」

「娶個有身分的不就好了。」她衝口而出。

「我能娶誰呢？」賈基頭往後一靠。

能娶誰呢？她不由自主把蕭和賈基放在天平上。天差地遠，從社會地位、能力、學識各方面……

母親回來了，上了車不發一語。

「怎麼樣？」她問。

「他不記得我了，名字都叫錯。」母親歎了口氣，「那時他要我陪他去看電影，說了好幾次。哎，如果早知道……」

有花堪折直須折，她完全懂得母親此刻的心情。原來她愛父親多一點，卻是像母親多一點。

母親說沒胃口，沒吃晚飯。不到九點，三人各自回房。她倚在床頭，焦躁地一下下彈著長指甲。她是這麼一個從不踰矩的女孩，女人，但是呵，凡是肉體的都要化為塵土，而之前它們會先變醜變鬆變軟。莫待無花空折枝，十年後，賈基也不會是賈基，而她更不能再調動所有感官享受這一切。安娜為什麼會變成性冷感？不過是不想跟老公做愛罷了。

晚上十二點，她一身睡衣薄如蟬翼，兩條豐滿的大腿象牙般白。悄悄打開房門，賈基的房裡沒點燈。屏息輕推，房門應手而開，窗外的滿月照出一張空床。他在哪裡？

她本是來阻止一場可能的騙局，醜陋的不倫之戀，此刻卻感到強烈的嫉妒。夜風穿堂入室，撩動睡衣上下輕拂，激起一種難以克制的戰慄，前戲已經開始。她半裸站在那裡，什麼都不怕，什麼都願意。

你不知道那些男人，久不沾葷的男人。你也不知道那些女人。

在母親房門前止步，聆聽，聽到粗重的呼吸聲。愛慾的烈火炙烤，呼吸變得費力，不注意就無法控制氣息進出，時快時慢，時長時短，她的呼吸。

此時，瑪姬嗷嗷叫起來，一聲聲急切呼喚。她被催眠般移步到客廳，點著壁燈的客廳影子幢幢，院子裡倒很亮，一輪滿月掛在墨黑天空，像一個巨大的探照燈，照出瑪姬四腳挺立在後院中央，仰頭對月嗚嗚嚎叫。牠彷彿在控訴，控訴這太過皎潔的月光，讓牠這樣一隻簡單的四腳獸也無法安眠。穿越亙古時空投灑下的蒼月色，無動於衷只是傾瀉，照得這庭院亮的亮、陰影的地方分外黑暗。那哀怨如泣的嚎叫，把這郊區花園的一角嚎成了曠野蠻荒，內裡有個什麼如此猛烈如此無告，如此無辜卻又如此邪惡，她渾身起了雞皮疙瘩，強烈的顫抖讓腸胃猛然收縮，四肢不由自主地抽搐，下一刻就要軟下身去四腳著地。此時瑪姬轉頭注視她，褐黃的眼珠子發亮如水晶，掀嘴露牙彷彿在笑。

半年後，她搬家了，搬到離律師事務所近一點的法拉盛，蕭則搬去另一個小鎮，跟他的情人一起。原來有很多個週末，當他們沒有困在車裡吵架時，蕭都是去陪情人。他們平和地簽了字。賈基後來回老家去了，說姥姥病重，母親隨後就把瑪姬送走了。而時光匆匆，衰老分秒不懈向她逼近，她知道自己最終也會去養老院，不是什麼湖畔的小屋，但至少她懂，懂得什麼是身體戰勝頭腦，什麼是，不倫的滋味。

告解

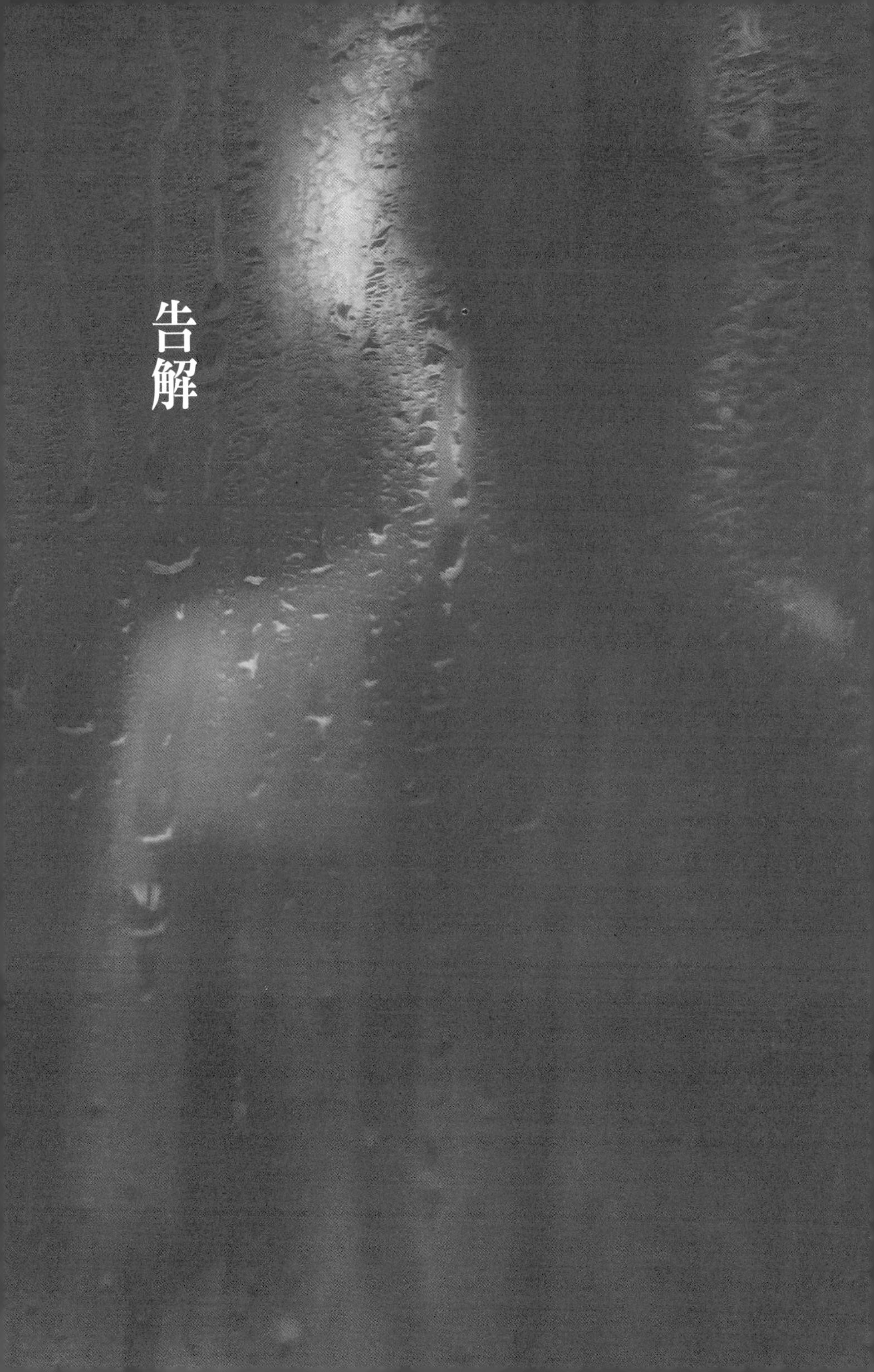

不出所料，蓉還沒來。

台北這家叫做「老相片」的咖啡館，充滿懷舊的氣氛。從舊傢俱店搜羅來的胡桃木圓桌，亮潤潤地昭顯歲月，幾張讓人深陷的布面軟沙發，幾把鋪著方格棉布墊的木椅，老式的織花罩垂流蘇立燈，百合花般伸出長喇叭啞掉的留聲機，黝暗的地板和粉綠的牆。牆上掛著大大小小的咖啡色相框，裡頭的黑白老相片，關於這個城市，也關於城市裡的人，從人物曖昧的表情裡，難以揣摩他們的心思。我坐在角落，聽著美國歌手諾拉・瓊斯十幾年前的老歌，慵懶的聲音像在週末賴床的時光，瞬間把我帶回了從前。我在下鋪，蓉在上鋪，沒有課的週末早晨。

美式咖啡已經喝了一半，入口不再有炙熱的燙感，但餘香仍在。我等待著蓉，在我們相識的二十幾年裡，每次見面她總是遲到。等待時，心情不再焦躁難安，而是不溫不火如眼前這杯咖啡，即使有一絲苦澀，也不難入口。不苦的咖啡，就不成為咖啡了。我已經中年，有木訥但顧家的先生，一對拙於讀書但還算乖巧的兒女，因為長年的胃疾，身形瘦削，臉色蒼黃。這樣的女人，對很多事都已能接受，也決定就這樣終老了。

跟蓉從大學室友開啟的友誼，見證了我們作為女人最美麗的人生階段。我們個性天差地遠，人生軌跡亦如是。美麗感性的她，先到紐約留學，婚後隨夫婿的工作四處遷移，紐約、香港、東京，最後落腳上海。定居都在大都會，旅跡遍及全世界。我們一年一會，當她如候鳥翩然回到台灣。每一次，她總是從孟買、巴塞隆納、巴黎、米蘭、馬德里、麗江、拉薩各地為我帶回小禮物，也帶來她新的邂逅故事。她見多識廣，享受人生，因為沒有生育，心益發自由奔放。反之，怯弱內向的我，從小生長在台南，到台北讀大學時跟她相識，畢業後，我聽從父親的建議，回到台南謀職，最後在台南結婚生子。一年又一年，她美麗時髦的身影來來去去，繽紛的故事如滿天落花，我專注地聆聽，想像她見面之前和之後的世界。她是屬於我的一扇窗，一年只開一次，迎進窗外熱烈的日頭和沁人的清風，當然也有一些嗆鼻刺眼難以消化的汙染物。

「啊，妳在這裡！」人未到聲先至，蓉從身後一把按住我肩頭，然後翩然在我面前落座。她穿著孔雀藍洋裝，胸口滾白色蕾絲邊，珊瑚色束頭巾的美麗身影，讓我不禁從心裡漾出笑意。她也笑容滿面看著我，化著淡妝，神清氣爽。

「喂！」她敲敲桌面，「我的拿鐵呢？」

「還沒點。」我清清嗓子，「誰知道妳大小姐幾時才會到？」

冷落我半個多小時的年輕侍者，此時不召即至，殷勤幫她點了拿鐵和一份凱薩沙拉，我也加點了一塊大理石乳酪蛋糕，撫慰空寂的胃，以備待會兒精彩的告解。

我們總是從上回見面是何時說起。日期地點我記得一清二楚，因為見面的一切，我都是拿來當作黑白世界裡的彩色畫片，在接下來漫長的光陰裡，如閱讀一部長篇小說或聽一曲交響樂般細細推敲品味。但是我總隨她瞎說，胡亂把她在其他地方跟其他朋友的見面攪在一起。接下來她就說起這一年去了哪些地方。

過去一年大半時間她都在上海，只有春節去了三亞避寒，所以今年沒有禮物了。這可奇怪了，她向來待不住，總要跑來跑去，寧可把時間花在旅途上，期待著下一個景點。

「為什麼呢？上回妳說厭倦了大城市。」

「是嗎？」她笑笑，「還不是為了跳舞……」

原來她迷上國際標準舞裡的拉丁舞，大半時間都待在舞蹈房裡勤練功，難怪氣色如此之好，身材也比前幾年更加勻稱有致。

她說著跳舞的好處，好胃口地吃著那盤沙拉。我把視線隨意投向她身上的任一部位，從被窗外日光照得有點透明粉紅的耳垂，宮燈般繁複的長串耳環，移到她白膩的頸脖，那裡很有些皺褶了。然後再到那正微微嚼動著的雙唇，塗著時髦的金橙色口紅。她的手纖如柔荑，現在有點見老了，手背浮出青筋。無名指上仍盡職戴著鑽石婚戒，另一隻手上多了個綠寶石戒指，深棗色的甲油讓手顯得更白皙……

「學校裡好嗎？升等了？」她突然抬頭問我。

「還沒。」我不想把見面的時間浪費在我無趣的生活上，雖然明年論文再交不出去，在這個三流大學裡的教職就保不住了，但是，這些苦惱跟她說又有何用？我需要的不是同情和安慰，而是可以提振精神的興奮劑。「不管那些了，聽妳的，是不是又有桃花了？」

「沒有，真的沒有。」她否認，然後彷彿想證明她已沒有力氣再去愛，說起了失眠。

今年春節剛過不久，有一晚她醒來，在一個深深的洞穴裡，像一隻冬眠中的動物，突然被喚醒，四下一片漆黑。她在床的右半邊。這是婚後一直屬於她的位置，而法蘭克並不在屬於他的左半邊，他早就不在了，分床已三年。三年前聽說他們分床時，我沒有多問。並不是不想知道，恰恰相反，正如對她的戀情，我對她的夫妻生活也充滿好奇，太過好奇使我必須作出更加冷淡的態度。告解者的罪惡經由神父向天主祈求赦免，神父的七情六欲會不會在告解者的訴說中被擾動呢？要如何才能維持超然和客觀，不去評斷眼前人呢？我不知道。沒有信仰幫助我，我這膽怯卑微的人只能作出冷淡的模樣，彷彿一切都見慣聽慣。夫妻會走到分床這一步，總是有各種理由，他打呼，她淺眠……等等，不過就是各自想要不受干擾地睡覺罷了，當上床只意味著睡覺，當獨宿比共枕輕鬆自在。然而分床的事不是此刻的重點。

蓉在半夜醒來，維持著原來的姿勢蜷曲在厚暖的羽毛被裡。上海的冬天很冷，春節前後更是。床上鋪著上海老牌子小綿羊電毯，電毯有兩個開關，夫妻可以依自己的需要自行調節溫度。她只開了自己這半邊的電毯，另一半當然是冰冷異常，也因此她更不願意移動分毫。躺了不知多久，並沒有如預期地再度墜入夢鄉，她不得不抬頭去看案上的鐘。五點。對晚睡晚起的她，這是另一個世界的時間。她怎麼會在另一個世界醒來？這一醒，就沒能再睡著。第二天還要上跳舞課，一節課九十分鐘，汗流浹背，而這時她已經一天跳兩節課。

第二天，她又在黑暗中醒來。四點四十分。第三天，差不多同樣的時間準時醒來。就這樣，接下來的每一天，她都在天未亮時醒來。她試著白天拚命活動，晚上一沾枕就睡著，像死了一樣。但在四、五點之交，死去的人又復活了。

以前只聽說，白晝和黑夜交替的黃昏，跟月圓時一樣，會刺激精神敏感者每一條纖細的神經，他們無來由地感到悲傷，流下不知為何的眼淚。蓉靜靜躺在這黑夜與白晝的交替時分，此時市聲已息，鳥未開啼，一切都還未開始，或是剛剛結束？她的身體還很困倦，腦子卻唧唧啟動，肉身和心靈分離，有什麼就要開始，有什麼已經結束？

醫生說，可能更年期到了。她才四十五歲！初見面的人總以為她三十幾，因為那依舊苗條的腰身，明媚的笑靨。但是她沒有生育。醫生說，沒有生育的女人，更年期提早到來是有可能的。

啊！怎麼可以？怎麼可以這麼早就讓她乾涸老去？像我這樣槁木死灰的人，卻因為盡本分生了兩個孩子，就享有比她更長久的青春？

蓉微笑打斷我激憤的發言，「不是更年期。」

「不是？」

蓉在我面前一年一年老去。哪怕她有再曼妙的身材，保持青春的各種精華液和美容術，她的改變在一年一次的見面中，都是這麼可悲地明顯。我懼怕她的老去，遠甚於自身的衰亡。如果可能，我會為她求來不老長生術，定格，在她最美的時刻，在我的上鋪。

先生不瞭解，為什麼我總愛抱著老二，總是親他，說他好可愛，以前對老大可沒這樣。但就是因為對老大的愛啊，因為有過老大，瞭解孩子天真無邪的時光如此短暫，所以才更要加倍地寵溺和癡愛，因為失去了老大的童真，所以更加珍惜老二，第二次機會。先生不知道，一年復一年，我總在操練著這樣的失而復得，得而復失，相聚的這一刻，在它發生時也正在永遠地逝去，我必須盡我所能存蓄供一年取用的能量和記憶。一年只一回。我從未跟先生說過這些，他知道蓉，但不知道蓉是什麼樣的朋友。

「吃了激素什麼的，沒效，後來我知道，不是。」

「不是更年期，那是，戀愛了？」

她露出吃驚的表情。

「戀愛本來就會讓人睡不好。」我悄悄逼近，「半夜醒來，想念情人？」

「胡說八道。」她否認。

基於一種絕對的專注，我可以感知眼前人。很多時候，我感覺到她的意念，不是經由耳朵和腦，而是皮膚和心。她曾跟一個小她十歲的畫家有過一段，也沒見她如此閃躲。她會說的，這就是今天的目的。她所有的朋友裡，我是最忠實最能守密也最不會評斷她的人。我指指蛋糕，乳黃色的蛋糕上咖啡色的紋路脈絡分明，「要嚐一口嗎？」

「現在才問。」她嬌媚地瞪我一眼，不客氣地挖走一大塊。

「喜歡都給妳。」

「不了，就是嚐個味道。這種嚐過就不點了，來個櫻桃白巧克力吧。」她揮手叫喚侍者，「服務員！」她的用詞越來越大陸化了，捲舌音也比從前分明。

「不用減肥了？」

「妳看呢？」她一甩頭髮，自信十足，「現在跳舞跳這麼多，吃什麼都不怕。」

「怎麼會想要跳舞？」

蓉歎了口氣。

「跳舞老師？很迷人？」

她點頭。

「很年輕？」

「二十六、七吧？」

「妳又不是沒有喜歡過年輕的男人。」我撇撇嘴。

「不是，」她有點猶豫，但還是說了，「是女老師。」

「女老師？」我吃了一驚。

蓉開始她的告解。除了一開始略露窘態，一旦進入正題，她越講越來勁兒，恨不得把我拉到她跟那個女老師之間，自己看個清楚。

蓉上海的朋友圈裡，有不少人跳拉丁舞塑身減肥，禁不起朋友一再鼓吹，說那位拉丁老師靈得不得了，新開初級班，錯過可惜，一些老學生都想再從頭學過呢。她勉為其難排出時間去試跳。

上課時間到了，同學都在教室等著，老師卻沒來。等了一刻鐘，她感到不耐煩，拿了水瓶、手機，推開旋轉鏡門要走，眼前擋著一個人，高且瘦，穿了一身黑，帥氣的短髮，丹鳳眼，眼尾往上翹的眼線，長翹睫毛下一雙閃著寒光如寶石的眼睛。被那眼睛一掃，她乖乖走到最後一排站定。

女神般的氣場。蓉如是形容這個叫艾瑪的老師。

拉丁舞初級班，第一堂教的是倫巴轉胯。艾瑪那彷彿無肉的身軀，扁薄如黑影，此時左一片右一片切出稜角，腰胯以不可思議的角度俐落寫著阿拉伯數字8，後背肌骨崚崚，牽引著鬆和緊的線條。蓉試著模仿，卻完全不知道如何調動腰胯和後背，不禁急出一身汗。女神艾瑪無視於身後那些荒腔走板的模仿者，只是難如登天卻又輕而易舉地轉動腰胯，與此同時，身體其他部位被切割開來，紋絲不動。這充滿性暗示的動作本應釋放出一種強大的女性魅力，卻奇異地維持著技術的展示，跟老師的眼神一樣有種科學計量的冷然。

下課後，蓉到前臺繳了學費。

此後，蓉每週兩次去上課，沒上課的時候腰一直是酸的。腰胯慢慢可以轉動了，然後是前進，後退，時間步，紐約步，螺旋轉……就這樣認認真真學了大半年。這段時間內，她跟老師說過的話，數都數得出來。上課時，老師從不說跟跳舞無關的玩笑話或廢話，下了課立馬就走，不像有的老師會跟學生「劈情操」搏感情。因為仰之彌高，她不敢去請教關於舞蹈的問題，因為鑽之彌堅，老師的冷淡和寡言，讓她望而生畏。從小就不是怕老師的人，這是頭一回，她對一個比自己年輕十幾歲的人心悅誠服。

老師的舞伴是小崔老師，聯手贏過多次大獎，兩人早就住在一起，步上紅毯是遲早的事。蓉想著，屆時一定要搜羅來最新奇不俗的寶貝，獻給老師當賀禮。

蓉是個聰明人，可能舞蹈上也有點天分，這麼認真用心的學習，自然變成班上的「尖子生」了。老師開始注意到她。三個月後，老師頭一回喊她的名字，糾正她的動作。被老師一喊，她的心一震，腦裡有一秒鐘的空白。

老師越來越常喊她，有時一堂課喊了三、四次，她一方面又驚又愧，一方面卻又暗暗歡喜。老師注意到她了。大概從這個時候，她開始在晝夜之交醒來，腦裡第一個跳出的影像就是老師。上課時的情景在腦裡重播，她暗數拍子，想像自己如何完美地跳完一段舞，博得老師的讚許，想得心潮澎湃……

我忍不住打斷她，「妳這是粉絲情結吧？何以見得就是，就是……」

蓉卻不辯駁，只是一骨腦地把話倒出來，語速很快，背書一樣的，想必一個個失眠的夜裡，她就這樣在心裡說著，這些話被說過無數次，熟極而流了。

更衣室外的玻璃櫃裡陳售貼亮片的舞衣舞鞋，旁邊擺了一圈沙發椅，等上課或剛下課的同學，坐在那裡聊天，艾瑪也坐在那裡，休息，玩手機，喝運動飲料，等下一節課。因此，蓉從來不敢去坐在沙發上。她在更衣室裡拉過布簾，悄悄換下汗濕的舞衣，脫下舞鞋，在身體和鞋子的汗臭味裡，自覺又老又醜。不管她身上的贅肉怎麼在這持之以恆的鍛鍊下消失了，不管她的腰腹和大腿比十年前還要緊實，四十幾歲的女人畢竟不同於二十來歲。換好衣服，她低著頭出去了，經過老師時，如果老師沒看她，她連再見也不敢說一聲。

自慚形穢！我暗歎，蓉也有這天！

有一天，蓉經過一間小教室，聽到艾瑪的聲音。

在我的要求下，她形容了艾瑪的聲音。那是中低音，音質偏硬，很有幾分威嚴，總是很凶地指正錯誤，簡短扼要地給出權威的解答。我笑了。這實在不是理想的女聲，但從她敘述的表情看來，這似乎就是完美的聲音，艾瑪的聲音。我收起笑容。

蓉忍不住從門縫裡偷看。教室裡，艾瑪在幫一個同學上一對一小課。艾瑪跳男步時更有一種冷酷和帥氣，後背一緊手上一帶，學生便聽令前進後退，轉圈下腰。陽光從窗外照進來，在木板地上投下一個明亮的方塊，兩人一忽兒跳進方塊，一忽兒跳出來，框裡框外幾番進退。如果留在這框裡，如何？如果跳出這框，又如何？這時，艾瑪抬頭看到偷窺者，她連忙逃開了。

蓉的生活開始以舞蹈課為重心，所有的約會、出遊、購物和派對，都要配合舞蹈課的時間。舞蹈課把她牢牢釘在了上海，哪裡都去不了，哪裡都不想去。當她的座車轉進那座大樓時，便感到心情舒暢，搭電梯到七樓，推開哈皮舞蹈室的大門，她的一天才開始。

然後有一天，這天開始得有點奇怪，早晨的第一堂課，她早到一刻鐘，獨享無人的更衣室。就在脫得只餘胸罩內褲時，更衣室隔間的布簾被猛然拉開，艾瑪閃身進來。蓉驚慌到近乎僵硬，而艾瑪對她一笑，姿態瀟灑地脫下酒紅色的毛線衫，紫色素面的胸罩托著小小的乳房，蓉腦裡一片空白，艾瑪的胸罩也脫下來了，兩隻嬌小不見天日的白鳥輕顫著粉色的小喙。蓉背過身去，抖抖豁豁套舞衣，第一次還前後穿反了。布簾裡可容兩個人，如果更衣的動作不太大，不致於碰到另一個。她拚命縮，想把自己縮得像兔子洞裡的愛麗絲那樣一寸小，在此同時，身後那個人卻在無限放大，來自另一個溫暖身體的熱能烤著她，毛細孔張開來向外滲汗，她就像烤爐裡的麵團，不由自主慢慢膨脹。空氣中有一股奇異的甜香，美好的事情在發生，葡萄要變成酒，她在仙境夢遊。艾瑪比她先換好，一件黑色的吊帶緊身衣，一條黑色流蘇長褲，帥氣兼嫵媚。拉開布簾前說，今晚在田子坊北極地酒館，她有表演，來看嗎？

週末夜裡的田子坊，充滿聲光和人影，很多外國人在這裡獵奇買醉。北極地就在田子坊進去後第二條小路盡頭，蓉特別早到，買了一杯瑪格麗特，一碟開心果，靜靜等待。四周喧囂，爆笑聲、詛咒聲和菸味，有幾個洋人過來搭訕，她自顧自啜飲杯中酒，宛如參禪入定。夜更深了。平日有樂隊演唱的小舞臺前，有人拿過話筒說今天是周年慶，請來好友助陣，給大家帶來激情的一夜，酒客們都鼓起掌來。

一個男人以如女聲般的清亢高音唱了一首空中補給隊，然後又深情無限地唱了一首王菲。她聽旁邊的人介紹，這人曾進了歌手選秀的半決賽。然後是電吉他演奏，震耳欲聾，然後是一個混血的女歌手……都要到子夜了，艾瑪才上場。

一身墜著黑流蘇豹紋緊身短裙，艾瑪悄立舞臺中央，身體誇張扭出S造型，一手貼腰，一手高舉，五指怒張。蓉的心跳加速了。艾瑪表演的是一段倫巴、恰恰和森巴組合，起首的倫巴嫵媚挑逗，化著濃豔舞臺妝的她，表情一掃平日的冷淡，充滿了魅惑的神采，每個伸展和緊縮，每個旋轉和造型，都做得漂亮俐落，還有一種滿溢的性感，蓉在心裡吶喊著天啊天啊……這是她第一次看艾瑪在舞臺上演出，她知道艾瑪舞跳得好，但不知道竟然好到這種地步。如果有人還沒有被那曼妙性感的舞姿擄獲，接下來的恰恰和森巴，活潑的節奏和身體的強烈律動，便讓每個人都拜倒在她的裙下，全場此起彼落熱烈的口哨聲，氣氛一時High到最高點……艾瑪退場時，蓉把雙手都拍紅了，在眾人瘋狂叫好聲中，她也把嗓子喊破了地嘶吼著艾瑪、艾瑪、艾瑪！

腦裡回蕩著這個叫聲，心裡也餘波蕩漾，每一次心跳，都像在打著拍子，艾、瑪、艾、瑪。不知道過了多久，有人坐到她身旁，勾畫著粗黑眼線，金灰色眼影塗滿整個眼窩，搧著兩扇又密又翹的假睫毛，舉著一瓶啤酒，已經半醉了。

哦，艾瑪，妳太棒了。她像個小女生般輕聲說。艾瑪一笑。小崔老師沒來？艾瑪又是一笑。蓉不知還能說什麼，看看夜已深沉。妳要走嗎？我可以送妳。艾瑪說，他在陪另一個女人。啊？蓉一時不解。艾瑪笑得更厲害了，他沒來，他在陪另一個女人，跳舞……

那天，蓉一手扶著艾瑪，一手拎著艾瑪的化妝箱，醉顛顛地上了車。司機小朱幫忙安頓好，輕踩油門往虹橋別墅區開去。艾瑪在車上倚著蓉哭了，嘴裡胡亂說著，蓉似懂非懂，只是攬著剛剛舞臺上的女神，輕輕拍著。

國標舞圈裡的男學生本來就少，男老師永遠比較吃香。他們的課時費高，可以帶女學生去比賽，也能陪著到舞廳跳舞，因舞生情的例子有，但更多的是逢場作戲，有錢有閒的貴太太們藉此找玩伴，能擋得住重金攻勢的男老師不多，一個願打一個願挨，竟成了圈子裡的潛規則。小崔老師的條件一流，本來就極受歡迎，最近更被一位新加坡的貴太太看上，前幾天深夜回來，寶馬雙人座轎車的鑰匙丟在了桌上。艾瑪一看就炸開鍋。這你也敢收？

小崔臉上掛不住，先嚷起來了，人家敢送，我怎麼不敢收？之前那些東西，也沒見妳說什麼。艾瑪氣得臉都白了。你自己做的事，倒成了我的不是了？

小崔把艾瑪拉過來，嘖嘖嘖，妳說妳氣成這樣幹嘛？不是說好了嗎？我們的目標是存錢在上海買房，能買房就能結婚。這也是不得已的，我反正，哎，妳也知道的，那些老女人……

在蓉那美侖美奐的別墅客廳裡，艾瑪一邊喝著解酒茶，一邊訴苦，淚水把濃妝都洗糊了。拒人千里的老師，突然變成一個可憐兮兮的小女生。蓉以自己豐富的人生閱歷寬慰她，說得艾瑪連連點頭，漸漸平靜下來。

兩人默默依偎時，花園樹梢傳來鳥鳴，天際裂開一線曙光，透過繡滿一朵朵皇家玫瑰的窗簾，給這豪華但寂寥的客廳，鍍上一層蜂蜜般的金光。從此，蓉的人生找到了價值出口，滿腔的激情有了使力點。她要當艾瑪的守護者，守護她的成長，讓她茁壯成一名成功的舞者。她出資陪艾瑪看國際舞壇巨星演出，票價人民幣幾千元，跟巨星上課，收費也不遑多讓；幫艾瑪打點行頭，從日本訂製最高檔的舞裙和舞鞋，又拿出幾十萬助艾瑪和小崔開辦工作室……

我此時終於忍不住打破緘默，「粉絲再加上母性，妳沒有小孩，艾瑪就像妳女兒一樣，我覺得，這並不是愛情。」

蓉苦笑一聲，「妳不會懂的。」

「不，旁觀者清……」

「不是的，」她打斷我，「妳聽我說。」

艾瑪是她性幻想的主角。

當蓉講述時，我眼光平視，表情漠然如一張白紙，彷彿她說的不過是三亞的日光浴，陽澄湖的大閘蟹，梧桐樹街的陰影，陰影深處燈火閃爍的小酒館。這張無表情的面具，催眠她繼續招供，揮灑著自白書懺情書。我的耳朵就如錄音筆，記錄著她的一字一句，音調的高低起伏和節奏，中斷，呼吸，漸弱成耳語或是戛然而止。我的雙眼就是攝像鏡頭，記錄著她的面孔泛紅，眼底閃光，鼻翼抽動，右眉毛下意識地挑起或是左眼皮快速地顫動。即使我心亂如麻，啊，此刻絕不能分心到自己身上，我的耳朵和眼睛都沒有放過蓉的一切。所以，我清楚記得她是這麼說的：晚上，睡覺前，或是清晨，或是有時候，一個月總是有那麼幾回，當法蘭克到我床上來，這時，她會出現。由此，我百分之百確知，是愛，不僅僅是喜歡。

細節，付之闕如。關於性，她以前說過，那些男人以各種方式追求，如一隻隻開屏的孔雀，但從沒有觸及任何性愛的細節。她會說，挺好的，不合拍，喜歡，不喜歡，沒有任何具體的內容，然後我們會爆發出一陣大笑，彷彿一切不需多說。這是第一次，她把性和愛連在一起，而且還僅是幻想！

這次我們沒有爆出那種你知我知的大笑。蓉去上洗手間，起身時差點撞到桌腳，她一定覺得，這一切都太難令我理解了。

熱愛中的伊人，總是可愛到令人心醉，性感到令人顫慄。她的微笑可以融化妳，她的眼波可以鼓舞起妳所有的熱情。如果她投身到妳懷抱，妳除了全身心地緊抱住她，把感官完全張開，去感受她的每一寸，妳還能做什麼？比這現實中的伊人更難以抗拒的，是妳遐想中的她，因為她不召即來，在最不應該的時候襲擊妳，讓妳在課堂上突然感到躁熱，在批閱作業時走神，在推開家門時感到撕裂的痛苦。男人把妳重重壓在床上，做他想做的事，很少，但一個月總是有那麼幾回。妳知道那些步驟，妳知道他已經不再年輕，有時他甚至硬不起來，於是妳像個好妻子那樣幫他，來來回回，然後急急上套進入。也許已經不需要上套了，不是因為懷孕的機會微乎其微，而是妳相信他的精蟲也已經過期衰老了。妳屏氣用力夾緊，讓他儘快完事，當他癱倒，從妳身上滑下，妳偷偷在枕上抹去淚水。是的，妳怎麼會不知道妳愛的人是誰。

當蓉回座，又露出招牌的自信笑容。如果我不能理解她對艾瑪的愛，那是我的問題，不是嗎？

「那麼，」我問，「妳那個老師，她，也喜歡女人？」

蓉點頭，「我們在一起很快樂。」

細節，還是沒有細節。我突然對這樣的告解感到不耐。她對我說了多少？隱瞞了多少？

「她跟男朋友分手了？」

「他們婚期訂在明年。」

「啊？」

「她說，因為跟我的關係，讓她更理解小崔。感情世界比她原來感知到的複雜太多了，她現在比較成熟了。」

「妳能接受？」

「小崔能給她一個家。」蓉說，「我可以當她一輩子的朋友。」

「這樣，妳就能滿足？我說了，這不是愛情！」我握拳。

「妳是怎麼了？是不是愛情，難道妳比我還清楚？」

過去我從未評斷過她的情史，神父只應安靜聆聽，但我繼續開炮，「那個畫家呢？妳說妳要等他長大，還有，香港那個小開，說什麼一見就有觸電的感覺，上輩子的情緣，要等他辦好離婚，還有，還有……」過去蓉說過的那些情人，爭先恐後地出現，想要爭奪蓉的心，誰才是見異思遷的蓉的最愛？我為他們感到悲哀，但最悲哀的是……

「妳冷靜點好嗎？」蓉橫了我一眼，晃晃手上的婚戒，「妳想要我怎麼樣？」

「妳真傻，她只是在利用妳，妳不過是她的貴太太！」我還在作困獸之鬥。

「我說過妳不懂。我對她一無所求，她只要在那裡，就夠了……妳怎麼了？」

她沒問，我都沒察覺自己額頭冷汗涔涔，陳年痼疾在我脆弱的時候發動了猛烈的攻擊，我按住胃，擠出一絲笑容，「餓過頭了，妳的故事，太長了……」

「Oh My God，快六點了！」蓉跳了起來，「艾瑪還在等我呢！這次我陪她來圓山飯店參加比賽，還有好多事，妳沒問題吧？我要先走了。」

我點點頭。蓉拍拍我的肩，「老友，下回見了，保重啊！」

我目送她的背影。她的背脊依然挺直，腰線依然分明，就跟二十幾年前一樣。

那個週末的早晨，她去上完廁所後就沒再爬回上鋪，而是擠進了我的被窩，一起賴床。她身上有剛睡醒處女的幽香，我們身上都有，她的眼睛瞇著，嘴唇乾裂，腋窩有種好聞到讓人想緊緊抱住她的味道。我們睡在一個枕頭上，她在我耳邊輕輕說著什麼，那氣息讓我覺得好癢，好想笑，好想哭……

忍了許久的眼淚無聲地滑落。我也需要告解，但誰能聽我告解？

以為她不能愛一個女人。

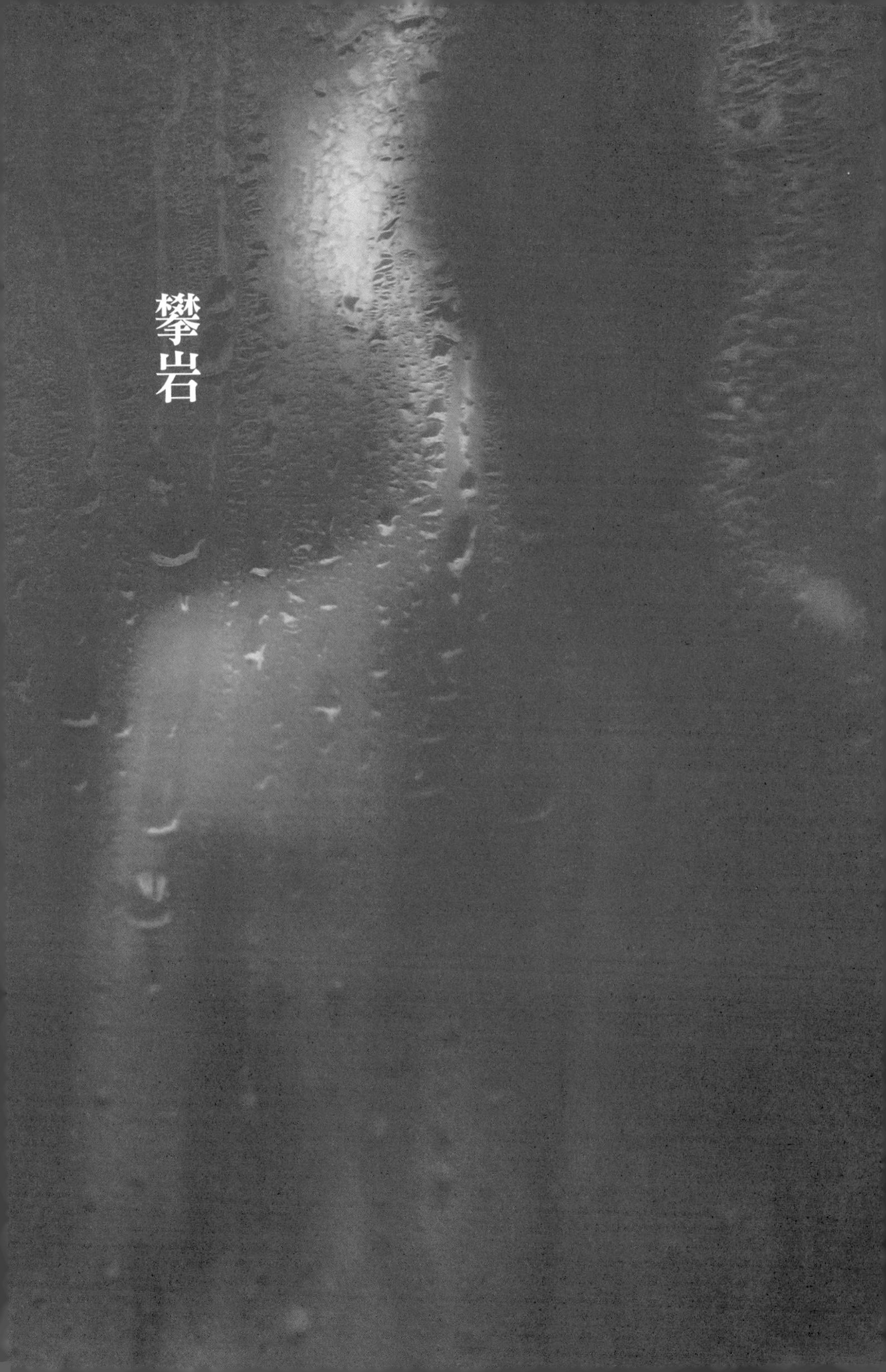

攀岩

黑夜，她在攀一堵岩壁。全身赤裸貼在岩壁上，一尾肉色的壁虎，壁面冰冷，又濕又滑，觸手有些粗糙的絨毛突起，可能是青苔，從壁縫裡鑽出來的雜草，拂過她的臉。如果她願意，她可以發出節奏分明的響亮叫聲，答、答、答答答答……像少女時代那些突然醒來的深夜，壁虎的叫聲伴隨著牆上老掛鐘的滴答，父親的咳嗽，母親的輕語，還有老唱機裡傳出淒涼的荒城之月，一次次撞擊她的耳膜，在耳內形成永恆的回音。

貼在這岩壁上，世界停止。如果不試圖移動自己，世界真的就此停止，恐懼和孤單會把她完全吞沒。她努力再往上一點，需要一點推力。

她以前攀岩過，或近似攀岩。少女時代，跟幾個初識的朋友，一起去一個乾涸的河床玩。

河床旁一堵岩壁擋住去路，男生們高低錯落地站在石頭突出的地方，一腳高一腳低，居高臨下看著她們。

上來啊！

那石牆看來無處落腳，能勉強擱腳或手的地方，都被他們占據了——

大學放榜前的暑假，一行七人，三女四男，在車站集合。客運車兩人一排，不對號，綠面塑膠椅皮開肉綻，窗戶大開著迎進有稻香和草腥的暖風。她跟俐俐坐，羅娜獨據司機後的位置，四個男生坐在後排。放榜前的日子真是太漫長了，在身分和命運未定的此刻，或其實已定但無人知曉所以就算未定的此刻，當俐俐說有幾個一中的邀著到這山裡小鎮來玩時，她馬上答應了，直到看到四個陌生男子時，才驚覺自己的大膽。

俐俐是她的死黨，就坐在她的正後方，上課兩人老是傳紙條。她扭轉手臂把紙條放在背後，等俐俐接去，而俐俐把紙條往她桌上扔，動作太明顯，有時落在裙上，老師總是點俐俐，有幾次還被罰站。考試時，她故意身體斜偏，露出一角試卷照顧俐俐，雖然俐俐說不需要。她各科成績都是班上的佼佼者，只有體育不行，跑不快，跳不高，而俐俐是田徑校隊，擅長百米，還能跳高跳遠。頭腦簡單，四肢發達，她這樣取笑俐俐，俐俐就閃著那對內雙長狹的鳳眼回敬一句：書呆子！

另一個女生羅娜，是男生邀來的，讀的是升學率不及她們學校的第二女中，聽說外祖父有荷蘭血統，鼻子又尖又挺，嘴唇很薄，髮毛像灑了金粉，在陽光下閃閃發光，穿泛白牛仔褲的腿筆直修長，罩一件寬大的白襯衫，黑皮帶，剛留到及肩的頭髮繫一條寬邊紫羅蘭髮帶，還時髦地戴了大鏡框的太陽眼鏡，神祕地遮住半張臉。

她敢打賭，四個男生都想看羅娜太陽眼鏡後的眼睛，白襯衫下的乳房，連她也好奇，這女孩是否生了對貓眼，而胸乳是否能擠出深溝。看她黑貓似的早熟妖嬈，一定早就交男朋友了，大學大概要重考吧？

兩個男生一高一胖。長得高高瘦瘦的那個，介紹的時候說是才子，她便留了意。胖子戴黑框眼鏡，馱個大背包，笑呵呵很隨和。還有兩個男生，一黑一白，身形瘦小，好像沒發育完全。他們都是一中的，跟一女中門當戶對，雞犬相聞，老死不相往來，因為都是高材生，都守校規。女生頭髮剪到耳齊，男生理平頭，呆蠢的模樣只能收心讀書。

車子沿著崎嶇山路開，她有點暈車，在鼻下抹了點綠油精。小時候她不暈車的，媽媽說她一定是書讀得太辛苦，體質變差了。她拚命忍住從胃裡泛上來的虛乏，那裡有什麼空落落地不踏實，早餐的醬菜稀飯拚命攪動著。好容易到了終點站，也是他們的目的地，發軟的腳一踩在實地上便好多了，她大口吸著山裡特有的沁涼空氣。遼闊的藍天上雲朵有毛邊，像媽媽手裡一小團一小團撕下的棉絮，放在一個舊藥袋裡備用，舊藥袋上藍色原子筆寫著爸爸的名字。她看著那棉絮，突然有點悲傷。

要走多久？有人問。小黑好像來過很多次，半小時吧，他討好地對她們說，這一段沿著河谷走，風景很美哦！

一個小時過去了，目的地河畔山莊還不見蹤影。一路杳無人煙，偶爾見到石頭旁有燒炙的痕跡，可能曾有人在這裡烤肉。也有一些空水瓶和塑膠袋被隨意丟棄。她跨過一個大石頭時，一腳踩在一個軟軟的物事上，嚇了一跳，原來是一隻童鞋。

小黑說他小時候來玩，這條河在雨季的時候還有水，只能沿著岸邊走，大膽一點的下水去，水就到肚臍眼，一點都不危險，伏下身去游水，站起來就涉水而行。怎麼不危險？她馬上說，不是一群女學生去溪邊烤肉……

慘劇發生時震動了所有人，大家都記憶猶新。學生們在淺溪裡涉水打鬧，突然上游的水庫洩洪，大水頃刻來到，幾個來不及上岸的女學生被沖倒，再也沒站起來。撈上岸的時候，她在電視新聞上看到，白布下拱起扭曲的物事。媽媽在旁感喟地說，可憐哦，都硬了。她無法相信，跟自己同齡的女學生，就這樣，死了。爸爸看了只是搖頭。那時爸爸已經病了三年多，話越來越少。

俐俐說，這裡絕對不會洩洪啦！小黑也說，我說的是小時候，現在早就都乾掉了。她咬咬下唇。怎麼會說出這麼煞風景的話呢？完全不像她這麼有頭腦的人會說的話。這裡當然不會有危險。臨出門時，媽媽叮嚀她，難得跟朋友出去散心，好好玩，還把爸爸的相機遞給她。相機裡有拍了一半的底片，拍的是她的畢業典禮，上臺領獎，跟老師同學合影。平日沒什麼照相的機會，就趁這次出遊，把底片拍完吧……她嘴裡「嗯」了一聲。升上高三以後，她不再直接回覆媽媽的話，只是「嗯」一聲，有時代表肯定，有時否定，而媽媽不加反抗地接受了青春期女兒的冷漠，或者不想刺激女兒準備聯考繃緊的神經，又或者，媽媽早就被病人榨乾了應有的情緒？

一條乾涸的河，還能稱之為河嗎？

男生像說好了似的，高個兒才子在前頭帶路，胖子在後面壓陣，另外兩個或前或後像護法。才子突然開口問她，有什麼嗜好，電影《光陰的故事》看過嗎？張艾嘉、楊德昌。還提了赫胥黎、卡夫卡之類奇怪的名字。長大以後她從未走進電影院，電影院的記憶，竟還是小時候媽媽牽著她的手，去看「梁山伯與祝英台」。而那些名字奇怪的作者，聽都沒聽過。她嘴裡含含糊糊應答著，頭都不敢抬。

羅娜一語不發，臉上一種莫測高深的神情，有時微微一撇嘴，竟像是冷笑，彷彿在嘲笑她的手足無措。一個躲在茶色眼鏡後的明星，誰也不敢跟她搭訕。有什麼了不起，大概也就是讀讀言情小說吧？班上那些成績吊車尾的同學，有不少就喜歡讀言情小說，但都是掩掩藏藏，老師看到要沒收的。那些言情小說在肉圓店隔壁的租書店有得租，周末的晚上補習回家經過，總看到裡頭燈泡昏黃，幾個人影或蹲或站，悄無聲息，她好奇什麼書這麼好看。

羅娜一派氣定神閒，不快不慢邊看風景邊走。幾個男生不時會走到她身旁，但似乎沒有人成功地搭上話。俐俐一考完就把頭髮削短打薄，瀏海斜分，一隻眼從髮縫間瞄人，現在一件薄衫搭在身上，在胸口打結，小飛俠般在大石間跳躍，提了口真氣，又像練過輕功，越走越快，她後來就跟不上了。唉，俐俐，妳怎麼不等等我？

汗水從草帽裡不停流下來，臉上汗津津，頸項和胸口也是，泡泡袖的粉紅上衣貼在背上，她的腳步越來越重，呼吸越來越沉。走不動了，真的走不動了，她在心裡哀告，但為了面子，還是咬緊牙關往前。一罐黑松沙士及時遞到面前，是胖子。很熱喔，看妳臉都紅了。她感激地點頭接過。平時媽媽從不讓她喝冷飲，沙士只有在發燒的時候加點鹽飲下，說是祕方。此時這觸手清涼的沙士，正是她需要的一帖清涼劑。

彷彿在唱和著此刻流過心田的輕快，有人吹起了清亮的口哨，是一首她從小就會唱的歌：我們快樂地向前走，伸頭向雲裡瞧，太陽高掛在天空中，春風也微微笑……。她笑了，舉目尋找，是小白。這個沉默的男孩，吹起了歡快的音符。一首接一首耳熟能詳的旋律伴隨著他們的腳步，〈綠島小夜曲〉、〈蘭花草〉、〈秋蟬〉……突然間河道一個大轉彎，眼前出現了一堵岩壁。

男孩們爆出一聲歡呼，彷彿這就是他們的目的地，個個爭先恐後向岩壁跑去，手腳並用，抬抓跳懸彈滑貼爬，一陣忙亂後，才子在最高點傲視群雄，風吹衣襟，小黑和小白在岩壁的中間部位，像黑白無常左右護法，小胖喘噓噓地只登了三分之一，咧嘴傻笑。

「來吧！」男孩齊喊。

那岩壁至少有三米高吧，或四米。壁面光溜溜的，怎麼上去，又不是壁虎。

「上不去的！」她抗議。

「我們幫妳，」小胖說，「來，踩這裡。」他縮腳，讓出可容半隻腳掌的平地。如果她站上去，有半個身子會跟他緊貼一起。

她四處張望，岩壁旁明明就有條小道，完全不需攀岩的，正想說什麼，俐俐已經開始她習慣性踢腳的動作，左腳踢踢，右腳踢踢，從踢腳動作，就知道她是左撇子。然後雙臂高舉過頭，身體成一直線，像個跳水選手，再誇張地伸展腰背，把這直線折成兩半，彎腰雙手環抱腳踝，屁股挺出，男孩們興味盎然地看著。

不要啊，俐俐……她在心裡懇求。曾經，她曾經有過不祥的預兆。她跟俐俐值日，被體育老師差遣去體育館拿壘球用具。俐俐經過平衡木時，突然起意翻身上木，兩腳一前一後站著。那橫木看起來好窄，俐俐卻開始一步步往前，走得挺得意。一會兒金雞獨立，一腳懸空在橫木邊不失優美地划動，然後一步步向後，轉身，彷彿在作體操訓練……她的心突然一緊，想出聲警告，俐俐已經摔了下來！

就像當時臨時起意，充滿自信地上了平衡木，俐俐現在也充滿自信地面對岩壁和壁上四個或許暗懷鬼胎的男孩。她不希望俐俐上去，不希望。她希望俐俐和羅娜都能跟她一樣，看出這堵岩壁不適合好女孩攀登，在攀登過程中，可能會受到羞辱，看出這不過是幾個男孩的鬼計，想表演一齣英雄救美。

如果她們三個團結起來，堅決不參與這個無聊的遊戲，男孩們也只好摸摸鼻子從高高的岩壁上下來。如果她們對男孩的邀約不理睬，繞過石壁從那條小道過去，男孩也只能跟上來。但這一切必須要她們三個同心協力。

然而，來不及了，俐俐作了第一個叛徒。她輕踢了一下腳下的土，如一隻準備撒蹄奔跑的牝馬，一陣助跑來到岩下，一腳就踩上了胖子讓出的半個巴掌的空位，胖子伸出去抓扶的手還來不及碰觸到她，俐俐已經像猴子般往上去了，抓住小黑的手一借力，人便往小白那裡去，這幾步上得十分輕巧，顯然剛才暖身時就已估算過。現在跟小白貼壁並立，如何從那裡往上到頂點，便是個問題了。俐俐試探性地抬起腳踩一個冒出雜草的石塊，腳一滑，險些摔落，被小白抓住了。

俐俐如果摔下，腦殼重重撞擊在地，可跟從平衡木上側身摔落不一樣啊，那將是完全失控的自由落體，腦漿四濺槓上開花……她感到內急。從出發到現在，幾個鐘頭過去了，她注意到男生有時落在後頭，突然追上，大概是擇地方便去了，但是她們三個女生卻一直沒機會。沿途沒公廁，要上廁所只能找個有掩蔽的地方蹲下來，單是這個念頭，就讓她臉紅。你說，怎麼跟這些男生說請等等，我內急？幸好一路都在出汗，不覺尿意，但剛才那罐沙士，還有此刻停步下來，再加上當前險峻的情勢，她感到萬分的內急了。就在這一分神中，俐俐不知怎麼竟然已經上到高峰，跟才子並立，得意地接受大家的鼓掌歡呼！

她想起當時俐俐從平衡木摔落，反射動作般，起身第一件事便是躍回去，重新站在了平衡木上，雙腳微微顫抖，臉上帶著倔強的神情。但不是她，她沒有摔落再回去的勇氣，連上平衡木的念頭都沒有。站在壁上瀟灑自得的俐俐，跟那個才子臨風而立，天造地設像一對璧人，而她剛才一路還在幻想，她們三人當中，她是優等生，最配才子。從未有過此刻這樣，她會讀書的這點優勢，派不上一點用場，在乾涸的河床和光溜的石壁之間，四肢發達才是王道。

「上來吧！」這次呼喊她們的是俐俐。「這裡可以看得好遠，哇，我看到河畔山莊！」她不禁怨起這個死黨了。俐俐應該最清楚，別說這石壁，她連樹都沒爬過。像俐俐剛才那種猴子似的醜態，她怎麼能在眾人之前做出來？那個愛美的羅娜，鐵定也不會願意。想到這點，不由得生出一絲希望。羅娜如果不願意，哪個男生敢勉強？

「羅娜？」她第一次叫出這個名字。打從見面到現在，她們竟沒有說過一句話。

「要上嗎？」羅娜問，嘴角還是那抹嘲諷的笑，「妳不上，我就上了哦！」不等她回答，羅娜取下了太陽眼鏡，微側著頭，嫵媚地把眼鏡收進襯衫口袋。風吹雲散，只見那明月般發亮的臉蛋上兩道彎眉，一雙大眼睛，睫毛長翹像洋娃娃，讓人不由得在心裡發出讚歎。但是當羅娜抬頭看向眾人時，有隻眼睛卻不協調地轉向另一方，讓她的注視顯得飄忽而詭異……

羅娜沒讓大家有調整心緒的機會，她微笑地把手放進胖子肥厚的掌心，胖子使勁一拉，她順勢踩上胖子腳邊的空地。但是她既沒有俐俐矯健的身手，又沒有那股由下往上的衝力，右腳上去了，左腳懸空。下一步呢？根本無路可走。眼前能擱腳的地方被胖子占了，除非在岩壁上鑽縫。

羅娜不知道該如何上去，男孩們卻有辨法。只是幾秒鐘的猶豫，羅娜踩上胖子肩頭，小黑下來一步接應，順利送她到了小白身邊，她一貼在石壁上，就顯出寬大白衫下豐挺的胸部。小黑在下推，小白在旁拽，她踩著男孩的膝頭和肩膀，男孩抓住她修長的腿，托住她渾圓的臀，顛顛顫顫，彷彿觀音蓮座旁的一雙金童歡歡喜喜送佛上西天。

羅娜千嬌百媚如女神般登上最高點，一上了高峰，旋即把太陽眼鏡戴上，恢復了一路的神祕冷艷，兀自眺望景色。

現在大家的眼光都投向落單在岩壁下的她。

「看到了吧，不會爬也沒關係，只要妳願意上來，就一定可以。」才子向她喊話。

她面色慘白，冷汗直流。面前這堵太高的岩壁，是一場太難的考試，一場她完全沒有準備的考試。前面的人都通過了，可是她不是她們。小學六年，中學六年，她把優等生的角色扮演得這麼出色，去到哪裡，都是一塊金字招牌，讓爸媽在親友間掙足面子。有了這塊招牌，師長疼愛她，同學仰望她，她也以為自己高人一等。在父親久病而氣氛壓抑的家裡，她的好成績帶來了希望，那一張又一張的獎狀，那如探囊取物的第一志願，還有未來水到渠成的好工作。但她現在孤伶伶站在這裡，一步也動不了。如果她不試圖移動自己，世界真的就此停止了。

「來啊！」胖子伸手到背包裡掏出青箭口香糖嚼起來，嚼著口香糖的他，臉肉顫動，看起來竟然有點像隔壁嚼檳榔的阿財叔。

「快點，過了這裡，山莊就到了！」小黑原本帶笑討好的語聲，此刻彷彿有幾絲不耐。

「To be or not to be, that is the question.」才子吟了一句莎士比亞名句。補充教材裡有的，她也知道，這才子未免太愛炫耀。

日頭升到中天，剛才的雲朵不見了，只有被日頭曬得發白的天，缺水而布滿沙塵的樹，半人高一叢叢的雜草，乾涸已久而裸露著稜稜怪石的河床。誰說這裡的風景很美？

為什麼她一定得上去？她既沒有俐俐的身輕如燕，也沒有羅娜的千嬌百媚。她不願讓男孩碰到她的身體，也不願在眾人面前扭曲成奇怪的姿勢。

「如果，」有一天晚上看過報紙新聞後，她鼓起勇氣問媽媽，「如果一個女孩被強暴了，她該去死嗎？」

媽媽驚訝地停下手邊的工作，看她一眼，確定不過是個假設性的問題，才淡淡地說，「死，有那麼容易嗎？」

死有重於泰山，有輕於鴻毛，為貞節而死，難道不是重於泰山？後來她才知道，母親說的不容易，跟死的意義無關，是死這件事。

死，不容易嗎？她此刻就想死。寧願死。

「快上來，我肚子餓了……」俐俐喊，跟眾人一起羞辱她。仰望，太陽直射眼睛，俐俐的臉看不清。她突然明白了，在俐俐心中，她從來不是什麼好朋友，她們在一起，因為她要。誰能拒絕優等生？她明白了，傳紙條時，為什麼每次都是俐俐被抓。

剛才沒注意，俐俐最後也是被男孩推拉著上去的嗎？陌生男子的手，有意無意擦碰含苞待放的女體。那些溺水的女學生，十六歲，永遠寂寞了。器官和感覺都在那裡深埋如種籽，還沒能抽芽出土看世界呢，除了讀書考試，她們不知道其他。

或者，她這一刻突然懷疑，只有她不知道。她為什麼沒有進去那家租書店呢？為什麼沒有看過一本言情一本武俠呢？她在防範抗拒的是什麼？

小白悠悠吹起口哨，曲調哀傷，竟然是父親初病臥床常聽的〈荒城之月〉。如果是父親，一定會拚命攀上這岩壁吧？他堅持了那麼久，活得比死還痛苦。如果是母親，也會手腳並用爬上去吧，她說死不容易，而上去是唯一的生路。她絕望地盯著自己的球鞋，走了半天路，鞋面上已經沾滿了灰。沒有人再繼續勸說，只有〈荒城之月〉的口哨聲在河床、岩壁、樹梢和她的耳膜迴來盪去，然後，連這聲音也靜止了。

她抬頭，岩壁上一個人都沒有。

他們丟下她，趕往下一站去了？不，他們不可能就這樣走了。被釘在原地的腳，此刻終於能移動了，她搖搖晃晃走到岩壁前，伸手，觸摸，岩壁被太陽晒得發燙。一列大黑螞蟻，匆匆忙忙從這條縫出來，鑽進另一條縫。

近看岩壁，肌理複雜非她所能想像。然後她聽到，岩壁的另一邊傳來渺渺的笑聲。男的，女的。合力攀岩後，他們全都成了一國的，親密無間，水乳交融。或者，此刻他們已經在做著言情小說裡寫的事情了？讓俐俐跟那發育不良的小黑吧，他一邊親吻她的嘴一邊愛撫她結實的屁股，讓羅娜跟那死胖子吧，胖子把她壓在地上，在她滑彈的胸乳上恣意磨蹭，小白在旁吹曲子助興，而才子則吟唱著 to be or not to be，做，還是不做……

這一刻，她再也不能忍耐了。她往最近的草叢跑去，還來不及完全拉下褲子，已經尿出來了，伴隨著兩腿間強烈到近乎痙攣的快感，尿液瘋狂地噴射在草葉間，濺到鞋襪上，在她兩腳之間形成一個小水洼。

她從口袋裡掏出衛生紙，擦拭沾到尿液的褲子和鞋襪。等她站起身把褲子穿好後，才看到岩壁上一排站著六個人影。雖然日頭炎烈看不清他們的臉，但可以確信的是，有十一隻眼睛在看她，還有一隻眼睛害羞地轉開了去。

此後，她在夢裡常變成一尾攀岩的壁虎。

散步

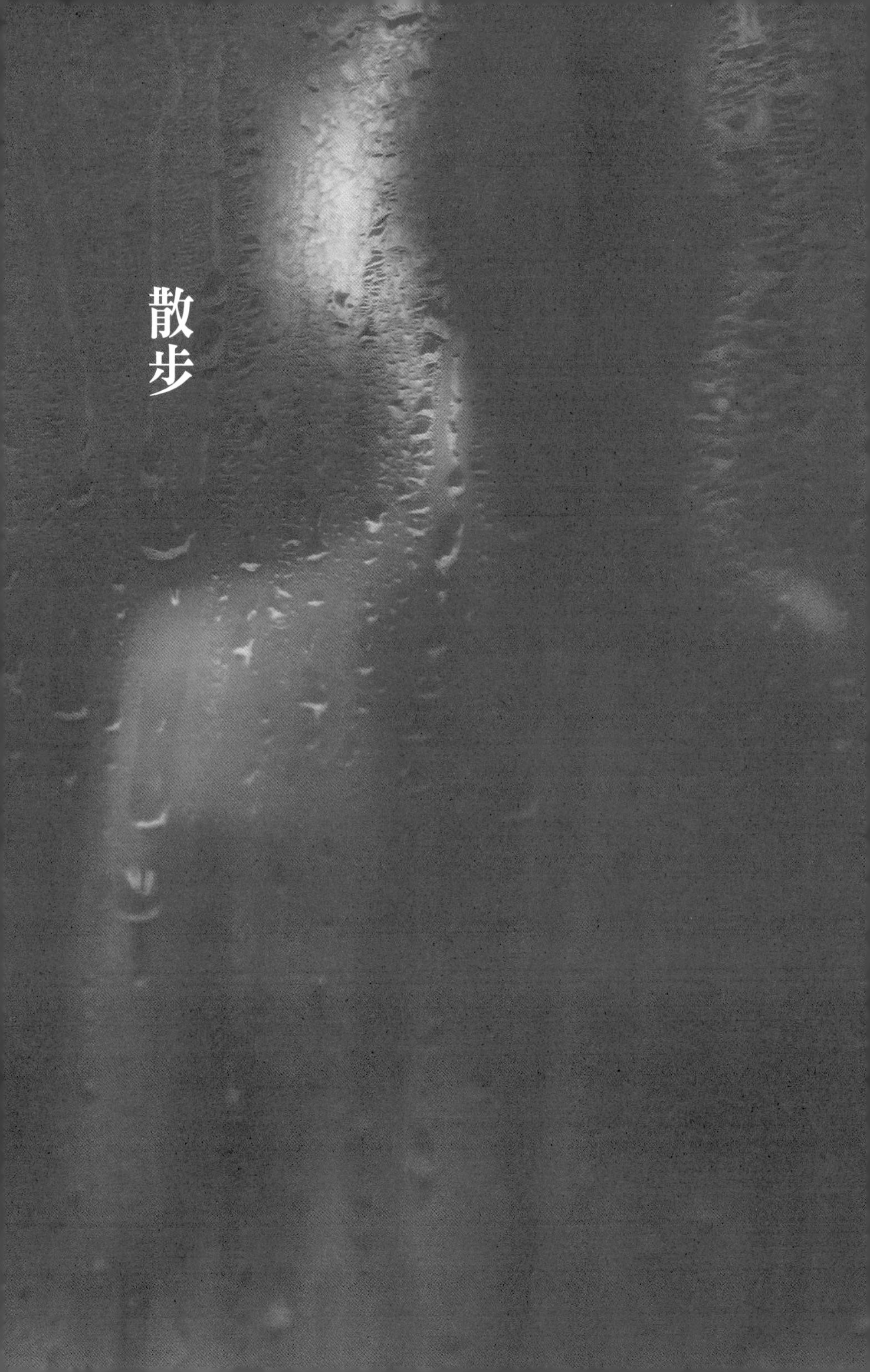

謝瓊卉剛從公車上跳下來，手機就響了。是玲達，又忘了帶鑰匙。

「我現在不能回去，要去買東西……很重要的東西，再不趕快去，要賣光了……」

玲達在電話那頭嚷嚷什麼，她沒注意聽，只留意著別錯過了那家店，這一帶她很少來。玲達只能在門外等了，坐在汙穢有菸頭和紙屑的樓梯上等，誰教她不帶鑰匙。

到了。看到店裡人影綽綽，謝瓊卉有點心急，連忙推開店門，噹一聲，鈴聲宣告她的到來。

「歡迎光臨！」正忙著的售貨員不及抬頭，嘴裡千篇一律地招呼著。店有三層樓高，那東西擺在哪裡呢？

她東張西望，店裡四壁漆成柔和的鵝黃，精巧可愛的嬰幼兒物件，被有條不紊地陳列。周遭的色彩是那麼柔和甜美，像一首歌詞簡單易記的兒歌，像一團在嘴裡甜甜化去的棉花糖，像大人回憶中的童年。很久沒進這種店了。前幾年還需要來買買小衣服、小帽、小玩具，當作給同事或親友的禮物，後來，就沒這個必要了。他們的孩子都上中學了，有的還讀大學了。

謝瓊卉跟珠姊同事五年，中午都在一起吃飯，交情最好。珠姊結婚，她當伴娘，生兒子，她買了天藍色海軍服，生女兒，她買了粉紅色小洋裝。珠姊告訴她，等有了自己的孩子就知道了，有些衣服是給大人看的，不實用，包括那些可愛的餐具、小杯子、小鞋子。她小心翼翼接過珠姊粉嫩嫩的嬰孩，抱在懷裡逗弄。「很有媽媽樣了……」珠姊在旁打趣。

誰想得到，要到二十年後的今天，謝瓊卉才嘗到當媽媽的樂趣？

她在二樓看到了廣告上限量特價的嬰兒推車，電影《亂世佳人》裡男女主角推著的那種嬰兒車，復古浪漫，坐臥兩用，粉紅格子的遮篷，下層有置物袋。這是嬰幼兒專用的高級推車，只供零到三歲的嬰幼兒，不是一般的大眾化推車，價錢也高出數倍。一對男女和一個售貨員圍著在討論什麼，她連忙趕上前去。

「不好意思，其他的都……」售貨員跟那對男女解釋著什麼。

她性急地打斷，「我也要一輛。」

售貨員轉過身來看她，「這是最後一輛了，下個禮拜會有新貨來。」

「還是這個價錢嗎？」

「沒有哦，這是去年的車，所以打七折。」

男人跟女人商量著：「好不好？這個牌子這個價錢。」

售貨員說：「嬰兒推車這個牌子是最好的了，你看它的輪子特別大，轉動靈巧，小寶寶坐起來既舒適又安全。」

挺著大肚子的女人，疲憊的臉上露出不耐，「拜託，粉紅色耶，我們兒子怎麼可以坐粉紅色的車？」

女人轉身，男人連忙跟上去。

「我要。」謝瓊卉立刻說。

售貨員笑咪咪地開始折疊那車，「買到是賺到了。」

晚婚晚育，這樣的人越來越多，但她的肚子沒有隆起，手上也沒有婚戒。是禮物吧？當不成太老的準媽媽，就當年輕的阿嬤吧，送給孫女的大禮。

售貨員遊說她辦會員卡，可以積分，還送一樣小玩具。把準爸媽套牢了，以後就在這家店消費了。她辦了卡，選了個捏了會吱吱叫的小鴨。

買了這車，只好坐計程車回家。還好家就在二樓。抱著紙箱一級級吃力地往上爬，以後天天得拿上拿下。

玲達果然斜坐在樓梯口，短裙裡探出一雙細瘦的長腿。看著她上樓來，描了粗黑眼線的大眼睛快速眨動，最後長長吁出一口氣，「妳真的買了？」

「嗯。」謝瓊卉掏出鑰匙開門。

「可不可以不要放在進門的地方？」玲達邊換拖鞋邊問。

「輪子會髒的，我不能放在房間裡。」謝瓊卉環顧這個兩房一廳，決定把推車靠牆放在電視旁，報紙堆移到沙發邊。

玲達進房去了。她在自己房間裡吃飯，做所有的事，電視也在網上看。從不煮飯，除了泡麵。房裡有個小冰箱，有小電爐，只有洗澡上廁所才出來。

這正合謝瓊卉的心意，客廳和廚房都歸自己所用。找房客，畢竟是不得已。

玲達來看房子時穿著超短的皮裙和網襪，眼妝畫得很濃，唇色近乎白，看起來三十出頭。

「妳是做什麼的？」

「我設計珠寶，在網上賣。」玲達以一副輕蔑的態度回敬她的打量，兩長串亮閃閃紫葡萄耳環輕輕晃動，像在附和主人的話。

「押金三個月，房租每個月的第一天交，還有，不能帶男人來。」謝瓊卉聲音平板地說。

玲達瞪大眼睛，像看到史前人類。有沒有搞錯，又不是十幾歲的女學生，即使是，又怎樣？喂，不管你喜歡男人或女人，你一定會有需要……

「我自己一個人，有男人在這裡出出入入，不方便。」謝瓊卉截斷那串無聲的詰問。

「妳幾點上班？」

「中午到晚上九點。」

「妳在家的時候，我不會帶人來。」

玲達天天關在房裡上網，偶爾打扮得十分妍麗地出去。有時幾天不見人影，門縫下透出一絲光，或全然的黑暗。謝瓊卉不相信珠寶設計的鬼話，因為從沒看過任何包裝材料或郵包，那或許曾是工作之一，生活單純的謝瓊卉所無法想像的一連串工作中的一個。關於男人的情況也如此。從竹竿上滴水的絲質性感內衣，她嗅到了男人的氣味，從房裡偶爾傳來歇斯底里的尖笑和哭泣，猜知情感的高潮起伏。廚房垃圾桶裡出現過一包心盒喜糖，還有半盒發出怪味的訂婚喜餅（唉，那些沒完沒了的燙金喜帖，灑著刺鼻的香水，還有一個接一個的滿月紅蛋，在手指上留下難洗淨的紅印！）玲達曾說回南部去幾天，回來時人很憔悴，隔天還是濃妝出去。

「奇奇。」奇奇坐起來，張大嘴打呵欠。

「睡了一整天啦？你這個懶鬼，看媽媽給你買了什麼？」

籠門一開，一條迷你巧克力貴賓狗竄了出來，跳進主人的懷抱。

「好乖好乖。」謝瓊卉摟住小狗，撫摸牠的背，在肚皮腿根上搔癢，最後人跟狗頭靠頭依偎著。她的臉上漾起一絲滿足的微笑，眼角的細紋和兩條深深的法令紋，還有最近越來越明顯的抬頭紋，在這一刻彷彿都被撫平了。

「媽媽可是花了大錢給奇奇買了車車哦，以後奇奇的腳就不會受傷了。」她喃喃說著。

謝瓊卉把車子從箱裡取出，在客廳裡打開來。奇奇聞聞嗅嗅，就是不肯進去。牠的身手異常靈活，跑起來屁股一顛一跳像兔子，她喊著追著，沒法近牠的身。最後只好取出一片狗餅乾，引得奇奇撲上來。

「抓住了！」她笑著，把狗放進推車。拉開那個活動遮篷，奇奇站在裡頭，雙腳搭著車身東張西望。

「趴下！」她喊。奇奇趴下了，好奇地聞聞嗅嗅。

「就這樣了，奇奇，不可以亂動，不可以跳下車，知道嗎？」

奇奇舔舔她的手，好像說「知道了」。

這附近有幾隻大狗，牧羊犬和黃金獵犬，家教都不錯，每回碰面，雙方互避，井水不犯河水。好景不常，幾個月前來了一隻神經質的黑灰色雪納瑞，一看到奇奇就撲上來，張嘴往奇奇脖子上咬去，幸好被主人拉住了。從此，她每回出門散步都特別小心。

上個月的一個晚上，她牽著奇奇走出小巷，右轉大馬路，經過麵包店進去買隔天的早餐，往前經過一個小學，沿著小學的圍牆繞到另一條大馬路，在那家二十四小時的便利店買報紙（玲達總說誰還看報呀，新聞網上都有，舊報紙還要拿去扔！）然後過馬路往回走，這是平常走的路線。就在便利店前，奇奇哀叫了一聲，不肯再走。她一路把牠抱回家，手都麻掉了。

在燈下仔細檢視，牠的右腳掌被刺破了，流了一點血。她幫牠用溫水洗淨，塗了點殺菌軟膏。第二天不放心，提早下班帶牠去寵物醫院。醫生說以後出門最好給牠穿鞋子。

可是奇奇不愛穿鞋。穿了鞋就像裹小腳，還不能抓癢。牠前腳拚命往前伸，後腳往後踢，要把那奇怪的東西甩掉。店家說穿一會兒就會習慣的。要牠穿鞋走路，是不是就等於要她赤腳在馬路上走一樣不舒服？她不願讓奇奇受一點委屈，一點點也不行。

再去散步時，她格外小心，眼睛如雷達盯著馬路，一發現疑點，立刻扯住奇奇。夜色裡的灰黑路面，有些地段是全然的黑暗，什麼也看不到，有些地段則顏色不均，因為溼意或月色，閃閃爍爍，宛如一地的碎玻璃。昔日流暢有默契的母子行，變得滯礙難行。

玲達把空飯盒拿出來扔，從廚房出來，溼淋淋的手在短褲上一抹。「看起來挺高級的嘛，妳那天說要買，我還以為是開玩笑。妳真把牠當貝比了？」

「牠本來就是我的貝比。」她把奇奇抱出來，「妳不喜歡狗，妳不會懂的。」

「誰說我不喜歡狗。」玲達手插腰站在走道上，「我是不喜歡養寵物。以後，妳就知道了。」說完，以一種憐憫的眼神掃了她一眼。

寵物店的老闆告訴她，這種狗體型小，養在家裡，如果好好照顧，注意飲食，定期打預防針，活到十三、四歲沒問題。

十三、四歲。那不就等於孩子養到青少年時期？珠姊的兒子，上了國中後就不理媽媽，心裡只有同學和電玩；那個有一對酒窩的女兒，十四歲就交男朋友，最後離家出走……那些兒子和女兒們，不約而同也在這時候跟父母告別了。

她的奇奇，長到八個多月就不再長，只有眼神和肢體語言，透露出牠還在長，從小童長成青少年。半年前，雄性激素開始作怪了，路上遇到公狗齜牙咧嘴，遇到母狗就死活撲上去。她帶去獸醫院閹掉了，終結了性的煩惱，讓牠永遠停留在甜蜜可人的純真年代。（如果人也能這麼簡單！）

十幾年，夠了，她不貪求。奇奇不會讓她失望，失望於牠的不成材不受教，或那太早來到撕裂般痛楚的心的分離。每晚，當忙過家事，她把奇奇從腳邊抱起，抱在懷裡如抱一個娃，奇奇睜著看不到眼白的褐色眼睛跟她對望。母子長久的對望。沒有誰的眼神會在此刻閃躲，因為複雜的心事，關於責任、金錢、感情和其他。

奇奇不會論斷眼前這個女人，老了，胖了，沒有伴。牠聞她的嘴，想知道她晚餐吃什麼，聞她頸脖的汗臭，因為這是媽媽的味道。她的髮型和衣飾，她的牙周病和胃疾，有點沙啞的聲音和嘴巴歪一邊的笑容，所有的一切都這麼理所當然，為牠所愛。

奇奇啊，奇奇。

平常一回到家，餵了奇奇，換上便服就出門散步。今天買推車晚了，奇奇已經心急地用鼻子拱著飯盆。

「奇奇餓了。」她站起來，感到腰部隱隱作痛，胃也不舒服，「媽媽也餓了。」她先從冰箱裡的食盒裡取一點魚肉，拌點紅蘿蔔，再從米袋旁的桶裡舀了幾勺狗糧，放在奇奇跟前。然後從冰箱裡拿出昨天剩下的炒米粉，放到微波爐裡加熱。米粉好消化，能有碗熱湯就更好了。

奇奇三兩下吃完，在她腳邊繞來繞去。「等一下啊，等媽媽吃飽，就去散步哦！」

每當她把奇奇帶出公寓，帶到夜空下（儘管常常看不見星子和月亮，那濛濛的天至少也指向無垠的宇宙），呼吸著混雜灰塵、油氣和食物味道的夜風，母子同行，便是一天中最快樂的時光。

但她心疼奇奇。這裡沒有花園、草地和土泥，只有極硬的柏油路，散布著垃圾和尖銳的物件，寥寥幾棵行道樹，葉上落滿塵埃，只有磁磚貼面的建築物、排廢氣的汽車及匆匆來去的人們。

或者，這就是所謂的命運？每條狗有牠的命，命運的軌跡在那裡。就像小時候吃的英倫星星口香糖，包裝紙上有賽車遊戲，一人選一條賽車道，把塗膜刮開，顯現誰能到達終點。路早就在那裡了，只是隱而不現。奇奇被生在這個都市叢林，不在其他地方，奇奇遇到的是她，不是其他的人。

就像她，從小到大就是一個再平凡不過的乖女兒、乖學生，相貌不美也不醜，眼睛小但鼻子挺，身材平板可是皮膚白皙。總之，加加減減，也是個中上資質。她以為自己會跟媽媽、外婆一樣，結婚，生小孩。

不知道為什麼，她的路在某個地方岔開來，離開幹道，拐進小路。三十歲之後她也急，談過幾場不鹹不淡的戀愛，每回都是無疾而終。身旁適婚的單身男性開始變少了，她相了幾次親，對象條件越來越差，背景越來越複雜：離過婚的、有孩子的、專科學歷禿頭胖子、鑲金門牙在大陸開工廠的老闆，而她還想找一個喜歡的，至少看得順眼的人！過了四十，逼近五十，家人放棄，她也打消了念頭。只是困惑，為什麼？

珠姊離婚了，還有幾個老同事、老同學，一個個恢復了單身。可是她們生活裡還是有男人，有小孩。而她，因為連自己也不明白的原因，卻總是形單影隻。

「離婚前，早就無性了啦！有多少男人對家裡的黃臉婆還有興趣？」珠姊把盤子裡最後一塊血淋淋的牛排送入口，細細咀嚼，彷彿在斟酌一個男人的真正價值，

「再講白一點，我寧可看韓劇，或對我的按摩師意淫，也不要他碰我。」當年那個穿白紗走上紅毯的珠姊，竟然說出這種話。

「單身女人有兩大麻煩，呃，」難得見面，珠姊兩杯紅酒下肚，話也多了，「一個是，男人都覺得可以占妳便宜，一個是，妳要是有什麼事，連個商量的人都沒有。」（不要說商量了，只要有人耐心聽你說話。）

收拾碗筷時，謝瓊卉的右耳叩隆一聲，好像有人在發表演說前，彈指敲敲麥克風試音。伸指到耳朵裡掏了掏。耳挖子收到哪裡去了？她的耳屎很硬，久不掏就卡在耳朵裡出不來，然後有一天，某個小碎片鬆脫了，在耳朵裡不時製造隆隆巨響，給日常的生活配上異常的音效。

小時候，媽媽幫她跟弟弟掏耳朵，在太陽下，她的頭被撳在媽媽的膝頭上。媽媽一點都不溫柔，粗手粗腳，她覺得很痛，咳嗽，想吐。爸爸替媽媽掏耳朵時，在燈下戴著眼鏡全神貫注。掏出一個特別大的，爸爸會叫他們來看。

媽媽住院的時候，都是她照顧的，給爸爸找養老院，也是她一手張羅（我們都要上班，實在忙不過來）。養生送死，打理一切，費用講好了姊弟分攤，弟媳卻來訴苦（姊姊一個人不花什麼錢，不像我們，要供兩個小孩讀到大學）。她的班被排在晚上和休假日，那些一家團聚的時光，同事還常跟她緊急調班，孩子的生日會和畢業典禮，結婚紀念日和情人節，她竟無法拒絕。（拜託謝姊，又要麻煩妳了！）

世界上還有誰聽得到她耳朵裡的如雷巨響？

她學會自己掏耳朵，以及生活裡大大小小的事。還不到五十，已經預先安排好後事，作好養老計畫。利用閒暇考了幾個實用的證照，以備不時之需。單打獨鬥的路，需要高瞻遠矚精密籌畫。

但是珠姊說羨慕她。「我真羨慕妳，一個人無牽無掛，沒有孩子的責任，沒有被老公傷透了心，沒有，」她放下酒杯，眼神空洞，「沒有對人生失望透頂。」

「至少別人理解妳。」沉默了一個晚上，她忍不住說了。

是的，人們比較能理解珠姊，而不理解她。

未婚的老小姐。彷彿她有什麼天生的缺陷，所以不被接納，然後臆想她必有的各種怪癖。難道她不是另一個珠姊嗎？在年輕時也清新可愛不切實際，成熟後也有風情也吹毛求疵，在進入中年後身上這裡那裡痠痛，皮膚暗沉白髮叢生，開始發胖和失眠。如果她有怪癖，所謂老小姐的怪癖，那也是在不得不獨自生活這麼多年後養成的習慣。

同事背地裡說她怪。

怪就怪。怪怪的謝瓊卉不需要顧及別人，包括跟她同在一個屋簷下的房客。哭泣或尖笑，都與她無關。

三十歲的玲達風華正茂，生活過得有滋有味。陽關道，獨木橋，她們很少交談。然後，那天深夜，謝瓊卉被敲門聲驚醒。

從貓眼看出去，一個陌生的男子，焦急地一直敲門，奇奇也跟著狂吠。她怕吵到鄰居，門才開一條縫，就被男人撞開。

「喂，你……」

男人往裡疾奔，開始撞玲達的門，「玲達？玲達……」

「喂，你想幹嘛？」

「叫救護車！」男人喊。

玲達被送到醫院洗胃。回來後，對她再三保證，不會再做傻事，至少，不會在她這裡。

那陣子，她神經繃得很緊，經過玲達房前，如果門半掩，便往裡探一眼。玲達總是坐在電腦前，有時答答敲著鍵盤，有時寂然不動。肩頭上立著一隻彩色鳥，有時是一隻小浣熊，或一隻戴眼鏡的青蛙。

填充玩偶會比活生生的小狗好嗎？

玲達說她不結婚。謝瓊卉不知道玲達是跟她一樣走上了岔路，還是在路口徘徊。

「但我可能會要個貝比。」玲達聳聳肩補充。

貝比會比奇奇好嗎？

謝瓊卉一手抱著奇奇，一手拉著推車下樓去，輪子一記記敲在灰泥地上，叩叩叩叩，耳裡隨著身體震動也發出響聲，叩隆叩隆。

她把奇奇小心安置在車裡，緩緩推向月色濛濛的大街。夜深人靜，大街向遠方迤邐如一條黑河，奇奇哼叫著想上廁所，這不是牠期待中的散步，但謝瓊卉只是一步步向前走。很有媽媽樣了，二十年前，曾經有人這樣說過。路口的汽車停下來，靜候這對母子通過。

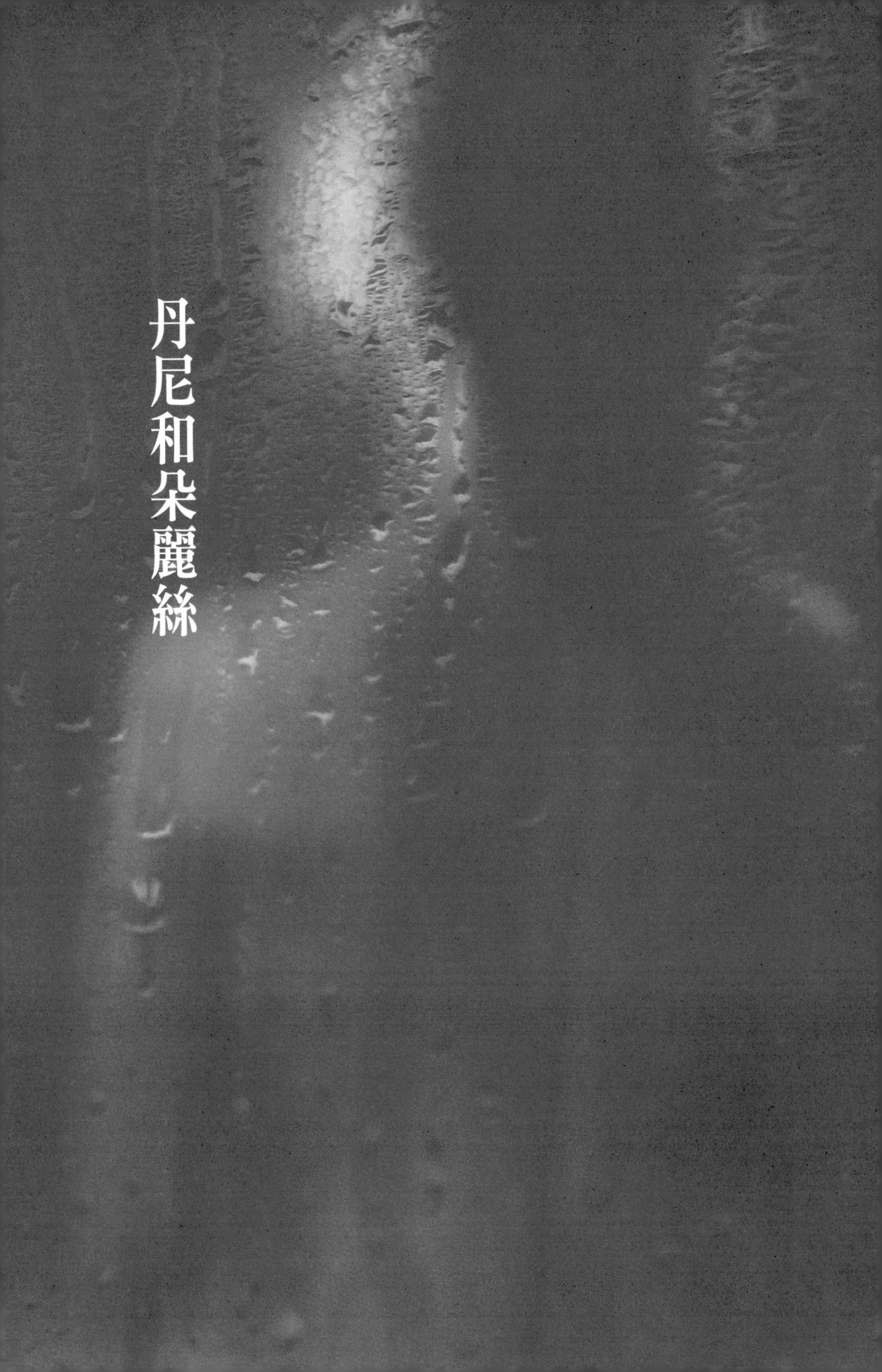

丹尼和朵麗絲

這是北新澤西的一個小鎮，樹木繁茂，人口不多，幼稚園、小學和中學，都只有一所，在這裡長大的孩子，男生一起打棒球、踢足球，女生一起打壘球、學跳舞，華裔家庭的孩子多了項課外活動：彈鋼琴。鋼琴老師布朗小姐，是所有學鋼琴孩子的老師，當然包括丹尼，從七歲開始。

凱若總提早二十分鐘把丹尼送到門口，看他抱著琴譜推開布朗小姐家的門，她就加速開走了，沿著那條林蔭小路往前再開個十五哩，是一個華人超市，每星期她都要去採辦一回。她是一家診所的助理，負責排定看病時間、整理檔案，還要幫病患量身高體重和血壓及種種雜務，從早到晚沒有一刻休息，午餐往往是在家做好的三明治和三合一熱咖啡打發。她在超市裡同樣眼明手快，只買美國超市沒有的東西，像是活鱸魚，一去就讓他們撈一條宰殺，等待的時間先買其他，台菜烹飪的特殊調料像醬油、黑醋、蝦米、八角，肉鬆和麵筋罐頭，當然還有吃慣的空心菜、豆芽菜、細長條的茄子等。她總能在丹尼下課前趕回來，來得及跟布朗小姐寒喧幾句。

上完課的丹尼笑咪咪的，他喜歡這個老師。他從沒有什麼特別不喜歡的人，陽光開朗，嬰孩時就少哭，只是笑，甜蜜地笑。凱若的心被那笑整個融化了，媽媽，兒子，他們的兩人世界。那時，丹尼的爸爸已經搬出去了。

第三次上完課，她就聽到朵麗絲這個名字。

「朵麗絲開始彈滿天星了，布朗小姐說我再努力一點，下回也可以了。」

「誰是朵麗絲？」

「朵麗絲就是朵麗絲。」

朵麗絲是在丹尼之前上課的孩子，早到的丹尼總能聽到她學什麼新曲子。一年後，丹尼跟朵麗絲一起參加了學校的才藝表演。小鎮的學校才藝表演，只要有膽量的孩子都可以上臺，但上臺有一半以上的孩子是華裔，他們嫻熟地彈奏鋼琴、跳芭蕾舞或踢腿翻滾表演武術。其他族裔的孩子表演街舞或唱歌，也有人表演魔術。這些表演的技術含金量不同，有華裔家長低聲用中文議論著：唱歌的孩子音準有問題，街舞和魔術很可愛，但，你也知道……凱若坐在觀眾席裡驕傲地等著她的丹尼出場。臺上彈奏著小步舞曲的是朵麗絲，披散著一頭烏溜溜的長髮，戴一個閃閃發亮的頭箍兒，穿粉紅色的小洋裝，有蕾絲的白襪、白鞋，就像童話裡的公主。她知道丹尼是這樣覺得的。

節目單上，丹尼和朵麗絲的名字並排著，一上一下。這是頭一回他們的名字同時出現，後來又出現了好幾次，最轟動的是出演羅密歐與茱麗葉，那是中學的事了。

朵麗絲有時會到家裡來，跟朋友一道，或只有她，跟丹尼一起聽音樂，有時在客廳裡看電影。她總是在不遠處，廚房裡榨果汁，地下室洗衣服，或打開客廳一角的櫥櫃，那是隱藏式的書桌，揭蓋架在拉開的第一層抽屜上成了寫字板，她在那裡開支票付帳單。她沒說，但朵麗絲那雙細細的吊梢眼，永遠像瞌睡般慵懶，哪裡比得上丹尼充滿活力的大眼，讓人感到希望無限。

她從不曾要求丹尼的琴彈得多好、當選年度模範生，或是成為學生代表會主席，但是丹尼卻一一達成了。她的丹尼就是這麼好，假日還去養老院彈琴給老人聽。天使，他是上天賜給她的小天使，補償她這一生在各個方面的欠缺和遺憾，例如二十年死守一份工作，沒有升遷，薪資少得可憐。但這份工作給了她完善的醫療保險，還有能信賴的醫生隨時請教。在美國，一生病，哪怕只是牙痛，都能蝕盡你微薄的積蓄。更重要的是這份工作讓她認識了許多人，人人都知道她是張醫師診所的凱若，在路上遇見了，總會親切招呼。再沒有比住在一個小鎮而沒有人認識你更讓人難受了。

但不是現在，不是過去這三個月。她不要任何人過來跟她招呼，問候她：「妳覺得怎麼樣？有什麼我可以幫忙的嗎？」如果可能，她會立刻搬離這個地方，搬到一個沒有人認識她、認識丹尼的地方，如果可能，她願意搬離這個國家。這種事不會發生在台灣啊！但是原鄉的親人，他們的詰問可能更令人窒息。怎麼會發生這種事呢？他們會一直問一直問，直到把她逼瘋。

她曾學過一陣子瑜伽，想治背痛。老師尤金是個極瘦的白人，留著灰白的長鬍子，終年穿一件棉布袍。他教的瑜伽不僅是動作，而是身心靈的結合，至少這是他標舉的目標。他常談論養生的道理，並親身實踐，她印象最深刻的是他奉行「食不語」。用餐時要專注在你的食物，這樣才真的吃到食物的味道，在填飽肚子時，感官也得到充分的刺激和滿足，幫助消化系統迎接食物的來臨。「吃得對時，吃飯也是一種冥想。」他這樣說。但是，在人群裡吃飯呢？像她這樣的上班族，吃飯時免不了有人打擾。尤金說如果外出吃飯，或跟朋友一起，他會帶一個牌子，上頭寫著：「抱歉，我吃飯時不說話。」有人想跟他搭訕，他就指指那牌子。

凱若也想要那樣一個牌子，掛在胸前，上頭寫著：「抱歉，我哀悼時不說話。」

在小鎮唯一的報紙上，丹尼和朵麗絲的名字一次又一次被提起。這樣的悲劇聞所未聞，或者說匪夷所思，在這個有太多人際關係聯結的小鎮上，從學校到健身房，從寵物店到冰淇淋店，人人嘴邊一度都掛著他們的名字，或者，被冷血的陌生人簡稱為「那兩個蠢蛋」。

蠢蛋。事情發生的時候，她也狠狠啐過，真蠢啊，孩子！你怎麼會做出這種事呢？但是丹尼已經冷了，硬了，不能再回答她，那甜蜜的微笑永遠消失了。十三歲時矯正好的一口齊整的白牙，在泛紫的唇間閃著冷光。花了幾千塊，忍受兩年的怪模樣，以為會受益一輩子。是一輩子，只是太短了。所有的努力，房間裡那些獎牌和獎狀，常春藤名校文憑，還有紐約市一份夢寐以求的工作，結果呢？陽光小孩給了媽媽這麼多的期望，結果呢？

最後一次，丹尼和朵麗絲的名字同時出現，是在追悼儀式的節目單上。朵麗絲的母親已於一年前因癌症去世，哥哥姊姊趕回來，都希望朵麗絲跟丹尼可以一起舉行追悼式，他們本來就有共同的老師和朋友。只有兩個人不那麼樂意，一個是喪子的凱若，另一個就是喪女的約翰余。

約翰余是藥劑師，余太太在郵局上班，周日在中文學校義務教中文。早年，中文學校由台灣移民創辦，師資都是台灣人，教的是注音符號和繁體字。隨著大陸移民越來越多，這些學校也逐漸轉成漢語拼音及簡體字教學了。凱若原本教的年級，後來就由余太太接手，那時丹尼和朵麗絲都已離開中文學校。他們的中文程度因為父母的要求，比一般華裔小孩來得好，能聽得懂父母說的家常話，也能說一點帶腔調的中文，讀和寫則不行。中文跟英文是南轅北轍的兩種語系，很多時候，這些象形、指事、會意、形聲、轉注、假借，這些奇特的以調定字，還有同音異字，成了背景裡的一種雜音，讓他們的美式存在無法純粹。

不純粹還在於他們跟父母的緊密關係。父母影響了他們在服裝、交友、課外活動、申請大學等方方面面的選擇。有個用來形容華人下一代的老詞「香蕉」，外皮是黃的，內裡是白的，其實更準確地說，蕉心應該是白裡透黃。

余家的家教嚴，三個孩子都非常乖巧，學業成績優良，還多才多藝。余先生最疼愛的就是么女朵麗絲，不但因為這女兒來得晚，跟兄姊差了十歲，而且跟奶奶年輕時長得一個樣，也是那麼文秀。余家是上海人，在法租界蓋了兩層洋樓，七個房間四個衛浴，有噴泉花園和大草坪，門口有警衛。解放後，一家九口擠在洋樓的兩間房，其餘都給流民占了。但是，不管時局如何動盪，家運如何敗落，余家的家訓是傳下來了，於是有了在美國北新澤西小鎮乖巧的三兄妹。這不容易，尤其美國校園多的是吸毒和濫交，父母不見得管得了。

朵麗絲，在約翰余細心看護下長大，如一朵玫瑰初含苞後徐徐綻放，她的純潔和清芬讓為父的他多麼驕傲。然後，出現了一些蜜蜂一樣擾人的男孩。那個叫丹尼的最常出現，在前院跟朵麗絲有說有笑，後來竟然要跟她一起演出羅密歐與茱麗葉。他堅決反對。為何教中學生這種故事？難道教育者不知道年輕的孩子是一堆乾柴，輕易可以著火燒成灰？羅密歐和茱麗葉是兩個背著父母偷嚐禁果的逆子逆女。但是朵麗絲眼淚汪汪求他：「爹地，我真的想要演這個角色，每個女孩子都想要，我好不容易才有這個機會……」他最怕女兒的眼淚。好吧，妳想當茱麗葉就去當好了。

進入十年級時，他對已經出落得亭亭玉立的女兒發出警告：「不准談戀愛，不管是那個丹尼，還是其他小夥子，都不可以理會，一切，等進了大學再說。」

「誰在談戀愛了？我們不過是朋友。」朵麗絲的眼睛閃亮如星，話語似真似假。

不管真假，女兒如願進了能光耀門楣的名牌大學。然後，余太太開始抱怨疲倦，體力不濟，張醫師建議她照片子，片子裡出現了不該出現的白點，然後……那是一場注定要失敗卻不得不盡全力去打的仗，仗打完，他發現自己已是個年屆退休的老頭子了。

朵麗絲畢業了，她知道老爸寂寞，回到北新澤西的家，在一家電信公司上班。當別的美國小孩遠走高飛去闖天涯時，他的寶貝女兒鳳還巢了。新的人生才剛開始，就發生了那件事。

如果，如果他的朵麗絲一定要死，一定要在如花盛開的此時死去，為什麼不讓她車禍、生怪病、或讓她滑雪時出意外撞上大樹之類，為什麼不讓她像其他人一樣正常地死去？為什麼要讓她死得如此，如此，如此不像個余家的小孩？他無法告訴上海的親友朵麗絲的死因。「她死在車子裡。」他這樣說，這也是實話，「跟她的男朋友一起。」另一句實話。沒有人敢向這傷心的老人多問一句。

幾乎是同時，當朵麗絲回到北新澤西，丹尼也回來了，二手 SUBARU 後車廂及後座載滿大學四年的書本和衣物。他已經寄出幾份求職信，返家等待面試通知。回來的當天晚上，他在家吃媽媽精心烹調的乾煎鱸魚和宮保雞丁，吃過飯就出去見朋友了。凱若很有理由猜測，那朋友就是朵麗絲。一個母親的直覺，她知道朵麗絲一直在那裡，他的茱麗葉。後來，她也有理由相信，丹尼願意住在家裡，儘管工作的地點在紐約市，也跟朵麗絲有關。她對朵麗絲平添幾分感激。

八月最後一個周末，白天仍十分燠熱，凱若在廚房裡燒豆腐味噌湯。這幾年，中國超市裡也可以買到味噌了，不需要開遠路去日本店買。她喜歡在湯裡擺點鮭魚。鮭魚肥美不輸鱸魚，魚油化到湯裡讓湯頭更加鮮濃。丹尼在旁幫忙切蔥花，吹著口哨。「什麼事那麼開心？」她問。「哦，我每一天都很開心。」丹尼把蔥花放到一個蓋碗，每回喝湯放一小撮，湯味更鮮美。然後丹尼問：「媽，爸爸是妳的初戀情人嗎？」

丹尼從沒問過她跟他爸爸之間的事，離婚前是太小，之後成了禁忌。這是第一回，也是最後一回，而她並沒有回答。

周末的午飯向來吃得晚，下午兩點，丹尼去沖澡。她記得這個細節，因為她在心裡嘀咕著，才吃了飯又洗澡，有礙消化。丹尼沖了澡，刮好鬍子，換上一件新襯衫，一米八的個子站在她面前帥氣十足。「我要出去一下，不回來吃晚飯了。會給妳帶冰淇淋，草莓的，對吧？」

這是兒子給她的最後一個允諾，也是兒子對她說的最後一句話。草莓冰淇淋。那碗蔥花後來成了蔥乾，在冰箱的角落窩了一個多月才被清理掉。

快九點，她正在看電視，電話響了。是約翰余，提著嗓子近乎嘶叫：「出事了！」

「出了什麼事？」

「妳快來，我家！」

她到的時候，兩部警車已經停在余家長長的車道上，路邊點著燈的人家，百葉窗捲起，露出一或兩個人頭。黃色的塑料條拉起，這是命案現場。但塑料條擋不住鄰人好奇的眼光，還有媒體，還有整個小鎮。她把車子停在路邊，前頭就是丹尼的SUBARU，她腳一軟，幾乎就要撲到車上去。但她深呼吸，勇敢往前走，走進余家。

隔天報紙的頭條寫著：一對華裔年輕男女，在拉上捲門的車庫裡親熱，車子開著空調，一段時間後，兩人一氧化碳中毒身亡。女方的父親發現他們時，女的癱倒在車上，男的半身倒在車門外，顯然是發覺有異但來不及求救。男的是二十二歲的丹尼陳，女的是二十二歲的朵麗絲余，兩人都是小鎮的居民，生於斯長於斯，不幸也命葬於斯，他們的父母拒絕了本報的採訪。

那只是序曲。第二天，丹尼和朵麗絲的故事繼續被挖掘，小鎮裡有太多他們的師長和朋友，他們深切痛惜哀悼。第三天，出現質疑，這個悲劇告訴我們什麼？兩個大學畢業、前途無量的年輕人，為何要在閉不透風的車庫裡親熱？為什麼不在自己的房間裡？據悉，那天朵麗絲的父親出去了，家裡沒人。

為什麼？凱若問，跟那些沒心沒肝的好事者問同樣的問題。這些華裔學生功課雖好，缺乏常識，好的，這是問題的第一層意思，還有第二層、第三層……像洋蔥一樣可以一層層往內剝，直到淚水模糊了視線。她知道，兒子是不能把朵麗絲帶回家來關進自己房間的，她總是在那裡看著他們。而朵麗絲的家沒人，為什麼不？

事情發生後一個月，她開始能正常飲食，雖然還是睡不好，她把在兒子房間裡找到應該是屬於朵麗絲的東西集中到一口紙箱：幾件衣服、寫著朵麗絲名字的書和光盤、一個粉紅色的音樂播放器、髮夾、一個停擺的女用錶。

她先打了電話，約翰余的聲音聽起來沙啞，無可無不可：「如果不嫌麻煩就送來吧。」

撳了兩回門鈴，門才開一條縫，一個老頭子從裡頭充滿戒備看出來，眼睛布滿血絲，像一隻困獸在洞裡準備反撲。「就是這些。」她把箱子擺在門口，看來對方不準備請她進去。

她已經很久不想跟人說話了，不過，如果他請她進去，她會的，會坐下來跟他喝一杯咖啡，如果他提議，因為，好幾個無眠的夜裡，她痛苦到要窒息時，她會想到他，約翰余，這個世上唯一能了解她失去了什麼的人。她怨恨他，卻又渴望跟他分擔。是的，如果能聊聊丹尼或朵麗絲該有多好，他們是多好的兩個孩子啊！別人不會曉得，他們是心頭的一塊肉，現在這塊肉被殘忍地剜去了，傷口還在滴滴答答淌著血。

「你那裡，有什麼東西是丹尼的嗎？」她探問。

「沒有。」約翰余冷然說，「她姊姊把她的東西都打包了。」

「你，還好嗎？」她顫抖著聲音問，彷彿是在問自己。

約翰余瞪著她，充血的眼睛是兩個紅燈，警告她不要再往前一步，停止。太過分了，這個女人還有臉跑到這裡來，問我好不好？養的是什麼兒子？到人家家裡來，做出這種事？他的朵麗絲，他的玫瑰啊！他純潔美好的女兒，盛開中的一朵花，就這樣被折斷了。在那該死的車裡，他的女兒一絲不掛。他忘不了女兒臉上的表情，眼睛瞪得很大，嘴巴張開，不知道是窒息前的驚恐，還是做愛中的高潮。不，他多希望不是他發現的，老天，把那影像從他腦裡永遠刪除吧！他癱倒在門後，聽到車子遠去的聲音。

他的女兒是在犯罪啊，然後神就從天上劈死他們。為什麼不聽爸爸的話呢？爸爸說，跟男人在一起要當心啊，他們隨時想占妳的便宜，占到便宜拍拍屁股就走人。妳沒看到報上寫的那些未婚生子的故事？

「爹地，我已經成年了。」朵麗絲即使在抗議，聲音也永遠那麼溫柔，她知道爹地是為她好。

「無論如何，」這是每次談話後，他作結的習慣語，「無論如何，妳要記住，我不許妳亂來，絕對不能丟余家的臉，只要妳還在我的屋簷下。聽見了沒有？」

朵麗絲咬著下唇，那副楚楚可憐的模樣，他幾乎要心軟。老伴在的話，可能也要拉住他別再說了。但是他怎麼能不說？這物慾橫流道德淪喪的世界，只有這屋簷下是他能捍衛的淨土。

想到他周末常要去老友家打牌，空著一個房子，他又加了一句：「這是我的房子，我不允許！」

他知道很多華人父母被迫接受了美國的性開放文化。上海的親友跟他說，中國現在也比以前開放很多，時代不同了。但他離開中國時，未經婚姻認可的性還是禁忌，他維持著這份禁忌，就像維持著他的中文報、龍井茶和麻將。

他的女兒卻以這種方式離開人間，留給小鎮茶餘飯後的談資。這樣的事，總是女的倒楣。那個丹尼，不過是個聞到花香的臭小子，不知道用什麼花言巧語騙了妳，在車裡親熱，多麼美式，多麼廉價啊！難道我沒警告過妳，我可憐的朵麗絲？

時光向前流淌，凱若繼續失眠，然後她接到信用卡的索債信。是丹尼的卡債，他拿的是副卡，由凱若授權使用，所以凱若得負責還債。她早該處理丹尼的卡債，不該坐等利息罰款累聚到如此驚人的數字。她必須承認，自己不再是那個診所裡麻利的凱若了，她現在往往歸錯檔案，記錯名字，排錯看病時間。「這是暫時性的，」張醫師告訴她，「妳會度過的。」她微笑。是的，她終究會恢復正常，但那只是旁人眼中的正常，能吃能睡能工作，但她不會再有真正的寧靜了。

丹尼在學校的信用卡用度，她每個月都付清，從學校回來不過三個月，吃住都在家，怎麼會欠下這麼一大筆錢？她查了一下，發現最大的一筆開銷就在他死前兩個星期，一家網上珠寶店。

她上了這家店的網頁，這是針對年輕人的珠寶設計專賣店，網上下單，十天內可到貨。她打了客服電話，客服小姐問有什麼可以幫忙的嗎？貨早已簽收。

「我只是想確認買的是什麼？」

「根據訂單，是一枚戒指，更確切地說，是一枚白金婚戒，純手工雕刻。」

凱若力持鎮定，「我可以看一下它的樣子嗎？」

客服小姐把貨號告訴她，在網上的婚戒一欄可以找到。掛電話前，她提醒凱若，因為訂作的戒指內圈有鐫字，恕不退換。

約翰余接到凱若電話，說有重要的事要當面告訴他。還能有什麼重要的事？生活裡甚至沒有什麼有意義的事了。「妳過來吧，我在後院。」

凱若走上余家那長長車道時，無可避免又想到那天晚上。那輛車可能還停在車庫裡，希望它還保持原樣，沒有送洗或賣掉。車道上停了一部Mazda，是余先生的車，擋風玻璃上積了些落葉。因為一直停在車庫外吧？凱若繞到後院，余先生兩手握著大耙子站在那裡，腳邊一丘色彩繽紛的落葉。

看到她，他木然問：「什麼事？」

凱若沒有馬上回答，她再走近點，走到這個拒人千里的老人面前，極力克制心裡的激動。是一家人啊，本該是一家人。她很快說了，發現丹尼買了個婚戒，婚戒內圈刻了字。

「唔？」約翰余望著她。

「刻的是，」凱若調整一下呼吸，「丹尼和朵麗絲，永遠的愛。」

「所以？」

「我怎麼也找不到。我相信，戒指已經給了朵麗絲。」

約翰余沉默著。

「朵麗絲走的時候，有沒有戴著什麼？」

約翰余臉一沉。他最不願意回想的就是女兒是赤條條走的，他粗魯地哼著：「沒有。」

凱若想再說什麼，看約翰余的臉色，忍了下來。讓他消化一下這個消息吧，這是好事，不是嗎？雖然在某個層面上它讓人更心痛。但她的丹尼至少是愛過了，也找到人生的伴侶，他的茱麗葉，伴著他到天堂去了。兩個年輕人是在求婚成功後的狂喜中做愛，不幸同赴黃泉的，不是像一些人揣測暗示的，不過是一時慾火焚身，不過是一對露水鴛鴦。

「他們相愛，你曉得的，不是嗎？」最後她用英文說。

約翰余不知道自己在院子裡站了多久，等他回過神來，腳邊掃好的落葉又被風吹散了一半。他扔掉握在手裡像拐杖支撐自己或像劍棒可以擊退敵人的大耙子，在出事後第一次打開車庫門。有人打掃過了，原來在這裡的，那些多年積存的垃圾，無用但沒有丟棄的紙箱和發霉的書，來不及種下的陳年種籽，過期的殺蟲劑，壞掉的割草機和淘汰的烤麵包機，蟲蛀的梯子和落齒的竹耙，還有，那些散落的衣物，生死一線間殘留的痕跡。

清空的車庫裡，僅有的是朵麗絲的紅色福特水星，找到工作後貸款買的新車。

約翰余打開後車門，就在這裡，丹尼裸身仆倒。壯實的小夥子，那身肌肉卻沒能助他逃生。車裡所有屬於朵麗絲的東西都清空了，她的音樂光盤、太陽眼鏡和薄外套。伸手撫摸那皮椅，近乎全新的皮椅，他的朵麗絲就倒在這椅上，再也沒有醒來。青筋墳起的老手，顫抖地摸索著，一寸寸在皮椅角落夾縫，在地毯上，那麼溫柔，那麼輕，彷彿他的觸摸會讓一切崩塌瓦解。就像頭一回把她抱在懷裡，小小的眼，小小的鼻，張大嘴哭泣時粉嫩的牙床和舌頭，輕輕握住她的手，小而白的手背上浮著青紋，像一片蝴蝶蘭花瓣貼在掌心，那大小懸殊的比例，柔軟與粗礪的差距，讓他幾乎無法承受，絕對要輕啊，輕輕地……妳總是這麼聽話，妳為什麼要這麼聽話？爸爸不在家也不敢違抗。不能在房子裡，不能在爸爸的房子裡。朵麗絲啊，妳真的訂婚了嗎？妳真的……他的手指觸到一個金屬圈。

白金戒指，細緻的玫瑰雕花，圈內刻字。他的老花眼怎麼也看不清那行字，但他知道，是丹尼和朵麗絲，永遠的愛。

回音壁

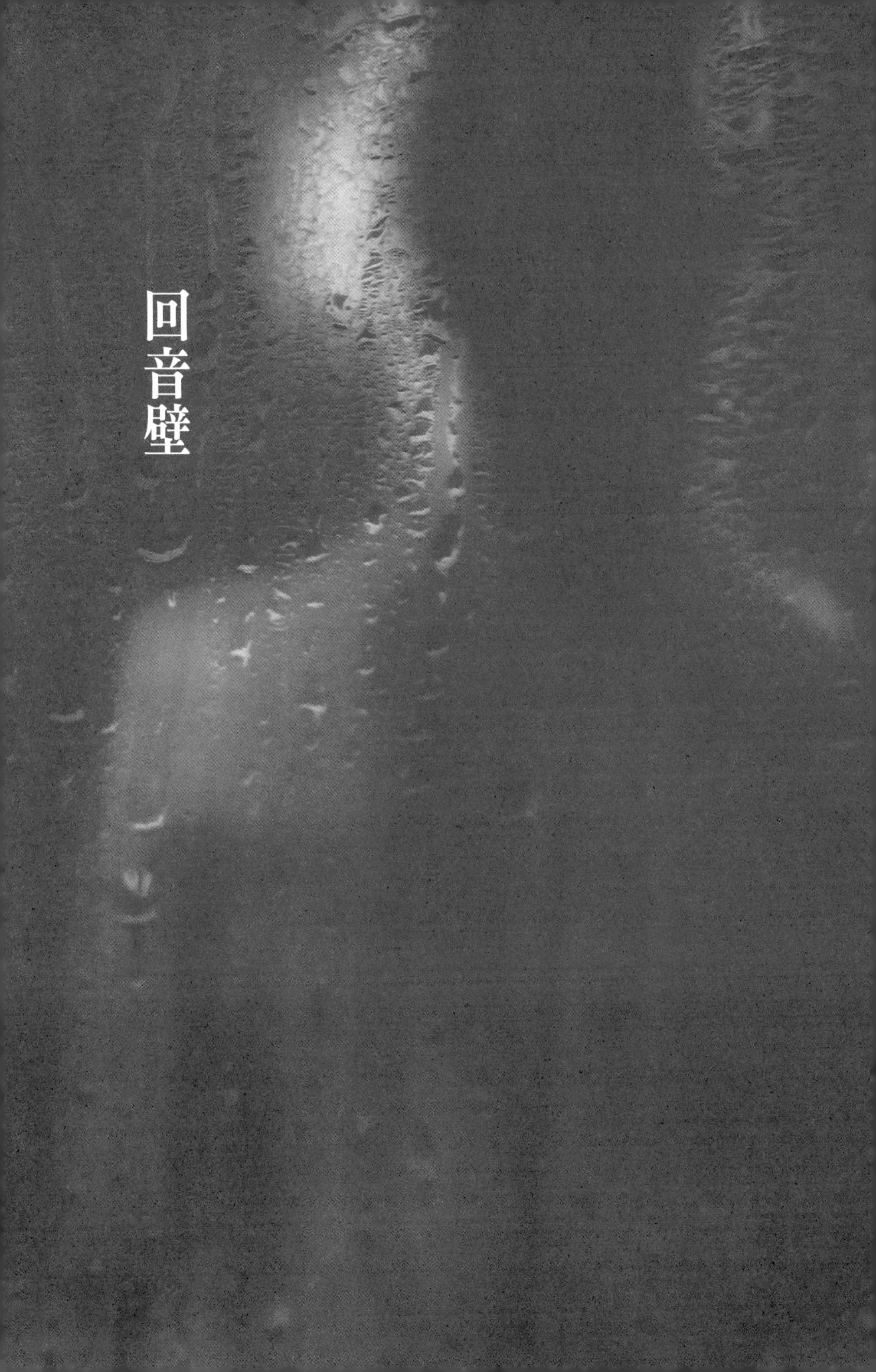

那個男人，四十開外，對著鏡頭說：「聽說他們找到我兒子了，這次，是真的找到了……」

沒有出現在鏡頭裡的男記者問：「你心裡有什麼感想，給大家說說。」

「現在不好說，等見到了，確定是我兒子，我再說。」男人抖著手把菸湊近嘴邊。

她把電視遙控器緊緊攥在手裡，聚精會神。

全中國有太多孩子失蹤了。他們或是在街上被拐走，或是在小公園裡被帶走，照看他們的外婆或阿姨、爸爸或媽媽，在眼睛那麼一轉開、腦子那麼一恍神時，心肝寶貝不見了。最可怕的不是孩子再也找不回來，可怕的是他們幾乎都不得善終。這些拐子要的不是孩子，是掙錢的工具，於是馬路邊天橋上出現一個個折手斷腳身上傷口終年淌膿的乞兒，大太陽和冬日酷寒中，他們躺臥在那裡，如一床發臭的破爛棉絮，而他們曾是含在嘴裡怕化了的心肝寶貝。

上次看到的那個節目太可怕了。奶奶帶著孫子在家附近小公園廣場上玩，陽光很好，一群五、六歲的小娃兒互相追逐，大人們聊著天。等到奶奶要回家燒飯時，孩子找不到了。他們找了很久。那個公園、那個小鎮、那個市，甚至跨省去找……

有人說哪裡好像見到孩子了，他們就趕去，像海裡在撈針。沒有路費了，沒有體力了，沒有眼淚了，然後，消息來了，南邊山區一張報紙上登著一具被丟棄的男童屍體，耳朵被割掉，手腳都折斷，黑溜溜躺在那裡像個長方形的包裹，眼睛半開半閉。那張驚怖的臉竟然有幾分驚怖的熟悉。節目結束前，男孩的爸爸決定出發去確認。經過半年的折騰，他臉上的情緒只餘疲憊。「如果是俺的孩子，俺就把他好好葬了，讓他早日投胎。」

而現在電視上播出的，是一個不知疲憊的父親。孩子已經丟了七年，那年，孩子六歲。他跟老婆小本經營公婆鋪，賣點日常雜貨還有平價菸酒，設了兩個投幣電話，方便外地打工的人打電話回家。附近的人都是他們的顧客，來了都要逗逗他兒子小鵬，都說他方頭大耳十分福相，也有那把幼子留給鄉下公婆進城打工的女人，逗弄小鵬的時間總要更長些，癡癡看著他圓圓亮亮的眼睛，捏捏胖鼓鼓的臉頰，說特別像老家的兒子或女兒。小鵬跟生人處慣了，什麼人逗他都笑呵呵的。

男人記得那個瘸了一條腿的人。面生，操北方口音。他中午時來，買了一包菸，進店前跟孩子玩了一會兒。傍晚時他正看電視，那男人又來了，帶著一個行李袋，說事情辦完要回家去了，買了兩條餅乾和一瓶水在路上吃。那人走出店去，看看天，一輪金日在西邊墜了一半，然後看小鵬一眼，抬步走了。他邊看電視邊做生意，忙完手邊的事，天都黑了，想著叫孩子進來洗澡，可是孩子不在店前那個小矮凳上。

起初他沒在意，附近都是熟人，看孩子可愛帶去玩的也有，但是附近幾條路上問過沒找著。老婆晚飯也不燒了，兩夫婦喊著孩子的名字，把附近又掃了一遍。天更黑了，這條路就那麼一盞微弱的路燈，黝暗的路上最亮的地方就是他的店，他的店是附近的路標，但是孩子卻沒能找路回家。一直到公安把設在附近的監控錄像拿來看，看到那個瘸腿的男人先是拿了餅乾逗小鵬，把他一步步引到幾步路外，然後迅雷不及掩耳把孩子攔腰一抄，挾著往前去了。孩子踢著腳，手擺動著，鏡頭裡的他們消失了。他的兒子從他的眼皮底下被帶走了，孩子在呼救，他卻沒能去救他！他渾身顫抖，老婆早就哭倒在地。

之後七年，他都在找孩子。小店生意讓老婆照顧，他到處打聽消息，後來有了網路，他與同病相憐的父母們聯合起來，幫著找彼此的孩子。有些幸運的父母的確找到孩子了，無論多遠，他都去祝賀。他也有幾次聽到消息，說哪個省哪個城哪個地方，滿懷希望趕去，一次又一次失望。早就過了尋回孩子的黃金時期，朋友和親人都接受了小鵬已經不在的事實，但他不同意老婆再懷胎，小鵬會找到的，他在等爸爸去救他。他一遍遍跟老婆說，跟自己說。

夢裡，他幾次重新抱著小鵬，七年了，小鵬沒有長大，還是那個胖嘟嘟手短腳短眼睛圓亮的小童。他，還在長大嗎？一次次見到血肉模糊的什麼，拚命追趕著什麼，怎麼也追不上。惡夢醒來一身冷汗，立刻又出門去找。

終於等到這一天。微博上轉來一條消息，一個人的遠親有個兒子來路不明，今年十三歲，長得方面大耳，爸爸半年前死了，是個瘸子。他立刻通過尋孩組織聯繫警方，傳來的消息初步證實，那是個路邊撿來的孩子，小名叫朋朋……

警察讓他到長途汽車站前等，警方要護送孩子回來。他蹲坐在馬路旁吸著菸，不願跟記者多談。這記者其實是熟人，幫他發過幾次尋孩的新聞。鏡頭拉近，男人拿菸的手微微顫抖著，噴出一口長煙，望著車子應該來的方向。

「孩子的媽沒來？」

「她在家等消息。」

失望的打擊有時會讓結痂的舊傷剎那間撕裂。出門前，丈母娘從老家趕來了，陪著老婆在家，她們沒有特別準備什麼菜歡迎孩子，就怕不是。鏡頭裡兩個女人臉上都帶著愁容。三十出頭的女人臉上滿布細紋，小聲說著：「就怕他受不了啊，萬一……」

節目到此為止，下集再續。

她長長吐了口氣，明白尋子男人的心情。孩子丟了比死了還可怕。死了，就有個了結，再怎麼悲慟也有個了結，你能在一段長長的停滯後繼續向前。而丟失，你永遠在想孩子在哪裡？你能怎麼找到他？你還該再找下去嗎？

找回的孩子，被拐子當成兒子養了七年的孩子，還是自己的兒子嗎？

寶愛的東西像骨董花瓶，宿命的結局就是有一天摔得粉碎。之前，你再怎麼小心翼翼，也難免手滑。幾次差一點就摔了，那是上天的警示，在給你心理作鋪墊，總有一天。我們真能抗拒這宿命，讓花瓶永遠不摔嗎？

七年前，兒子吉米也是六歲，旭東被公司派到北京，那時，他們已經從台灣到美國住了十幾年，半個美國人了。公司外派津貼優渥得難以拒絕，懷抱著對新中國的無限好奇，以及那種美國住久後的天真，一家三口遷到北京，住在外企海歸新貴聚居的朝陽區。東富西貴南窮北賤，北京城歷史書上如此說。

那時，她還沒有看過任何失蹤小孩的報導，不知道同為黑髮黃膚的吉米，混入了人群，在那相對混亂的市容和動線裡，就像一粒米掉進了米缸。不像在匹茲堡，拐帶一個華裔小童無異自找麻煩。又，在那個白人世界，誰要一個華裔小童？

她帶著孩子在路上走。吉米這段時期是不願大人牽的，要自己走。而且特別喜歡跟在她身後走，像母鴨帶小鴨。媽媽，妳走到哪裡我跟到哪。他們就這樣走。她注意到一路有人打量她，男的女的老的少的都有。因為她洋氣的服飾？因為她特別輕鬆的步伐？因為她東張西望？還是因為……她走下一個長長的地下道，過一個特別寬的馬路。北京有很多這種多線大道。地下道裡兩邊貼著廣告，一些陌生的明星臉孔代言著她從未聽過的品牌。還有標語，貫徹實施抓緊什麼什麼的中心思想和誰誰的談話。

旭東比她先來三個月，房子都打點好了才接他們過來。一來就跟她說，美國那些信用卡不好用，身上帶點錢，領錢倒是方便的，就是要當心。哦，不用給小費。她很快就發現，身上最好常備零錢，如果掏出百元大鈔，小販手指搓摩，對光照半天，還是半信半疑，找錢的速度慢很多。但是一切都很新鮮。對三十八歲的她，小別勝新婚的先生、聰明伶俐的兒子、新晉的富豪階級、同文同種卻比美國更異國風情的北京，都讓生活充滿流動的喜悅。沒什麼可以打擾這份喜悅。

一個不比吉米大多少的小乞兒扯她裙襬。「阿姨，我肚子餓。」

她轉身想跟兒子說話，兒子不見了。

吉米？吉米！

「吉米你在哪裡裡裡裡裡……」

「媽媽。」

吉米叫她，睜著圓圓的大眼。他蹲在一個小攤前，玩一個手搖鼓。她衝上前把兒子緊緊抱住。

晚上，旭東有應酬，半夜才進門，一進門就吐得一地，長褲、皮鞋、公事包，全是灰黃色的稀泥，還有幾管沒消化的麵條。沒聽說外企也要應酬成這樣？一到北京，她就沒搞清楚過旭東的工作情形，不像在匹茲堡，從沒有晚上的應酬，上下班都是跟同事拼車，除非路上有交通事故，進門總在六點半到七點之間。他的上司和夥伴，晚飯時他一個個說給她聽，聖誕節的公司派對上，她見到他們就像老朋友。然後有了下屬，部門裡的人越來越多，除了跟旭東關係特別好或特別壞的，她已經不甚了了，吉米一出生，更顧不上了。她到北京時，旭東已經高速運轉起來。他人聰明，適應環境特別快，不像她，像隻小船在大洋上陡起陡落，又暈又吐。等到好了，都半年後了。

幫旭東收拾好，衣服從裡到外全換過，兩人併躺下來關了燈，她才說：「吉米今天差點丟了。」

「吉米……什麼？」旭東含含糊糊地問。

其實也不算丟，吉米就在她三步之外，蹲在小攤前。但是一整天她想過無數可能。如果，那個乞兒沒來攔她，她繼續往前走，吉米沒跟上……

「是我不好。」她哽咽了。

旭東沒再追問，翻過身，一會兒鼾聲如雷。

她記起吉米更小的時候，三歲，在海灘。那個夏天第一次去海邊，沙灘上到處豎著大陽傘，男女老少或作日光浴、或追逐笑鬧。大海就在幾步之外，捲送著白色碎浪，送來帶鹹味的涼風。吉米拿著紅色的小勺，往桶子裡舀沙，滿了倒掉再舀，怎麼樣也不肯靠近海。

她想游泳。側躺在大毛巾上，撫著被太陽烘得發燙的大腿，人中、頸脖上、乳溝裡都汗津津的。旭東看著她，眼光裡什麼一閃一閃。生過小孩，她的身材更豐腴了，這件舊的蘋果綠一件式泳衣有點裹不住她。談戀愛時，他們一起讀過梭羅的《湖濱散記》，做著在山裡小木屋安家的夢。婚後來美國，真的去了瓦爾登湖。那時她也是這樣，被綠色的湖水引得坐不住，先是手裡的《湖濱散記》掉進水裡，接著脫了上衣短褲下水去。旭東立刻跟上，兩人在水裡嬉戲擁吻。躺在沙灘上，她知道旭東也想到這一節，所以眼光那麼熱。

附近幾個陽傘下的男男女女，笑著說著吃著，騷莎舞曲大聲播放，海風吹拂下，沙灘上的人們就像個大家庭。兩人突然很有默契地站起來，牽著手往大海走去。腳踩到溼沙時，她回頭看吉米一眼，他在那裡專心地玩沙，對爸媽的驟然離去，一點也不在意。這距離也不是太遠……她跟旭東一頭扎進冰冷的大海。

也不過幾分鐘，就像撲進大海那樣迫不急待，他們突然從水裡起身，拔腿往回跑。沙地此時像流沙，拚命抓住他們的腳，讓他們跑得跌跌撞撞。有那麼一秒鐘，她以為吉米不見了，到處都看不到吉米，然後發覺看錯方向了，她親愛的小吉米，還在那裡舀著沙。她跟旭東溼漉漉坐回傘下，好一會兒說不出一句話。

在海潮聲、人聲和音樂聲中，一個被擄走小孩微弱的哭聲，如何被聽到？她不懂，為何她跟旭東會同時犯糊塗？他的精明和她的母性，都沒能阻止他們丟下孩子奔向那海。

不會了，不會再發生了，她絕對會把孩子看得牢牢的，絕對會好好照顧他長大。

吉米八歲生日那天，旭東人在美國，她帶孩子去天壇玩。

北京城的南區相較於東區，顯得雜亂無章。許多的老胡同，高牆森森擋住她一個外來人的眼光，從黑色寶馬看出去的眼光。這是旭東為她創造的新生活，她不用出一分力，家裡打掃炊煮全有人代勞。

那時的旭東，經過一番慘烈的爭鬥，把自己的人馬一舉帶走，另組公司了。資金、人才、市場，硬體和軟體，忙得不見人影。他的世界更寬廣、壓力也更大，目光像捕獵時的老鷹般銳利無比，前額也像老鷹般禿了。人一會兒在歐美，一會兒又飛日韓，即使在中國大陸，也不一定在北京，更多時候在上海、在深圳。「妳不懂」成為他的口頭禪，說話常帶訓斥的語調，彷彿她也是伏首帖耳的下屬之一。

她迷上紅酒，酒櫃酒器各種水晶杯，幾千塊一瓶的名酒一箱箱地買。獨自吃晚飯時就開始喝，喝到上床，孩子的功課有北大的家教幫忙。她開始發胖，兩頰肉鼓起，眼珠子沉陷。舊衣一箱箱地丟，看都不多看一眼。朋友從美國來，都不認得她了，詫笑，怎麼，北京的日子這麼舒服？她下意識捏捏腰上的肉，漠然笑著，大腿肥厚無法併腿坐。走吧，去格格府？還是東來順？

在紅綠燈前，一輛卡車停在旁邊，車裡全是待宰的豬仔，擠在一起無辜地拱著鼻子。司機小王讓他們在門口下車。松柏夾道，天地遼闊，灰藍的天上幾只風箏越飛越高，變成幾個小白點。天壇是天子祭天之地，是向上天獻祭之所，牛犢或羊羔。她牽著吉米，牢牢地。

孩子在太陽下走了一陣子，頭臉全是汗，她拿出面紙替他揩乾。寶藍琉璃瓦三重檐的祈年殿宏偉莊嚴，在日光照耀下閃閃如寶塔，是上達天聽的建築。她照了幾張相，相片裡兒子垂頭喪氣。這是中國最偉大的建築之一啊！他不懂，也不想懂。

「那個好玩的地方還沒到嗎？」吉米掉了門牙的嘴有點傻氣地張大著。

「快到了，要走過那座橋。」

「啊！」吉米偎在媽媽裙子上磨來蹭去。「爸爸呢？他可以揹我。」

她脖子往裡一縮，像要嚥下什麼，卻只是擠出頷下幾層肉。旭東什麼都變了，唯一不變的是對兒子的愛。到現在，一回家看到吉米，還是常常要把他揹在身上，嘴裡叨念著小時候爸爸揹著去哪裡哪裡玩的舊事。如果旭東是飛得老高只剩下小白點的風箏，拴住他的線頭是握在兒子手上的。他的心肝寶貝。

她舉步上橋，走得有點急，吉米氣喘吁吁追著，「我走不動了！」

「怎麼走不動呢？八歲了，不小了！」

吉米睜著一雙茫然的眼睛，那眼睛真像他爸爸。有一天，也會變得那麼銳利？

今天是吉米生日，她卻把他帶到這個幾百年前皇帝祭天的地方，不如去小公園。剛才進門處就有片綠地，一群人在那裡抖空竹，把塊死木頭抖得像有了生命，躍上縱下，飛遠了又回來。嗡嗡嗡，空竹的聲響像巨大的蜂群，震動她的耳膜。那也許對吉米比較有意思，但是既然來了，她只能拉著兒子繼續往前。走過了長長的橋，來到皇穹宇，就是回音壁的所在地。

兩年來，司機小王陪她的時間最多。他是司機，也是地陪。去哪裡買什麼玩什麼，都靠他指點。在來的路上，小王跟她說起天壇最有意思的地方，莫過於這回音壁。回音壁其實是皇穹宇的圍牆，皇家黃的磚牆十分平滑，牆頭一溜藍色琉璃瓦，長約兩百米，厚約一米，兩人高，「您跟孩子一人站一頭，您這邊輕輕喊他，他那邊一準聽到。」

走近回音壁，四處都是叫喚的聲音。北京城裡無時不刻都擠滿全國各地的遊客，大著嗓門說笑。

「吉米，你站這兒不要亂走，媽媽到那一頭去，待會兒你聽到媽媽跟你說話，要回答喔！」

「說什麼？」吉米感興趣了。

「說個祕密。」她神祕一笑，把孩子的胃口吊起來，轉身快走到弧形長牆的另一頭。

另一頭也擠滿了人，她覓著一個空處，嘴巴貼近了牆，喊著：「吉米？吉米？聽到媽媽在喊你嗎？」

吉米，你聽得到嗎嗎嗎嗎嗎……媽媽媽媽媽……

她把耳朵貼近牆，好像聽到什麼。再聽，一片嗡嗡，不知是四周的人聲，還是剛才空竹的餘震，或者，卻是多年前的浪潮聲……她閉上眼睛。潮聲來了，去了，又來了。鹹鹹的海風，人們的說笑聲，她被陽光烘得發熱。她跟旭東在水裡，浪潮一波波強力打上他們，他們緊緊牽著手。水變得溫柔，溼潤柔軟的唇與舌……她但願此刻就在那裡，就在他倆激情地奔向大海的那一刻，和衣躍入湖水的那一刻，她但願時光倒流，把愛情還給她，她但願有什麼來打斷這囚徒般乾枯的日子……

她心裡喀答一聲，血往腦門衝。

南腔北調各地的遊客，擋在她身前，漲紅著臉比手畫腳說這說那，沖鼻而來的汗味、菸味和蒜味。她得越過這堵人牆，她得用跑百米的速度，用盡吃奶的力氣，她得……

一粒米掉進了米缸！

祭壇上的羔羊窣窣發抖！

卡車過去了，裡頭擠滿了臉孔汙穢的小孩，他們是誰？要被送去哪裡？

廣告過後，竟然接下去播放尋兒記的下集了。

「來了，來了！」記者喊著，一部車開近。下來一個公安，然後一個男孩。男孩指著男人說了一句什麼。

「是不是，是不是你兒子？」記者問。

男人不說話，挾著菸的手使勁摩著下巴。公安把男孩帶到他面前，「孩子剛才說了，您是他爸爸！」

男人盯著眼前的男孩。兒子，朝思暮想終於到了面前，公安和記者盯著看，全中國的觀眾盯著看，要看這團圓的一幕，拭淚的面紙都準備好了，但男人只是摩著下巴，說不出一句話。

畫面跳接到旅館，男孩在打電玩，爸爸新買的玩具，男人在跟老婆講手機，笑逐眼開。是的，沒錯，是咱們的兒子！再三跟孩子的媽保證，「我第一眼沒認出來，孩子長大了。可是他記得我，他記得我是爸爸……」一直表現得很鎮定的男人，此刻終於崩潰，失聲痛哭。

丟了七年的兒子，竟然能找回來，這是近乎神蹟了。

她不曾告訴任何人，當年在回音壁，她沒有發瘋地推開人群狂奔，只是隨著人潮移動，慢慢往回走。這一回是真的了，她所恐懼的噩運終於毫不留情地劈頭打來，骨董花瓶畢竟還是在她手裡打碎了，由於她的愚蠢她的失職，命中注定要失去的她必得獻出。獻出吧，獻出這愛的結晶，心肝寶貝！就像死囚犯終於捱到執刑的那一天，她感到一種解脫。但是，神蹟般地，吉米還在那裡。他保持貼耳在牆的姿勢，專注聆聽著不曾傳來的回音，渾然不覺自己的命運差一點要全盤改寫。

一次又一次，上天把孩子繼續託在她手裡，一次又一次，她痛至骨髓地感知，有什麼重要的東西真的丟失了。幾次在夢裡來到回音壁，獨自對著沒有盡頭的壁牆，未及張口，歎息的回音便將她淹沒。

閨中密

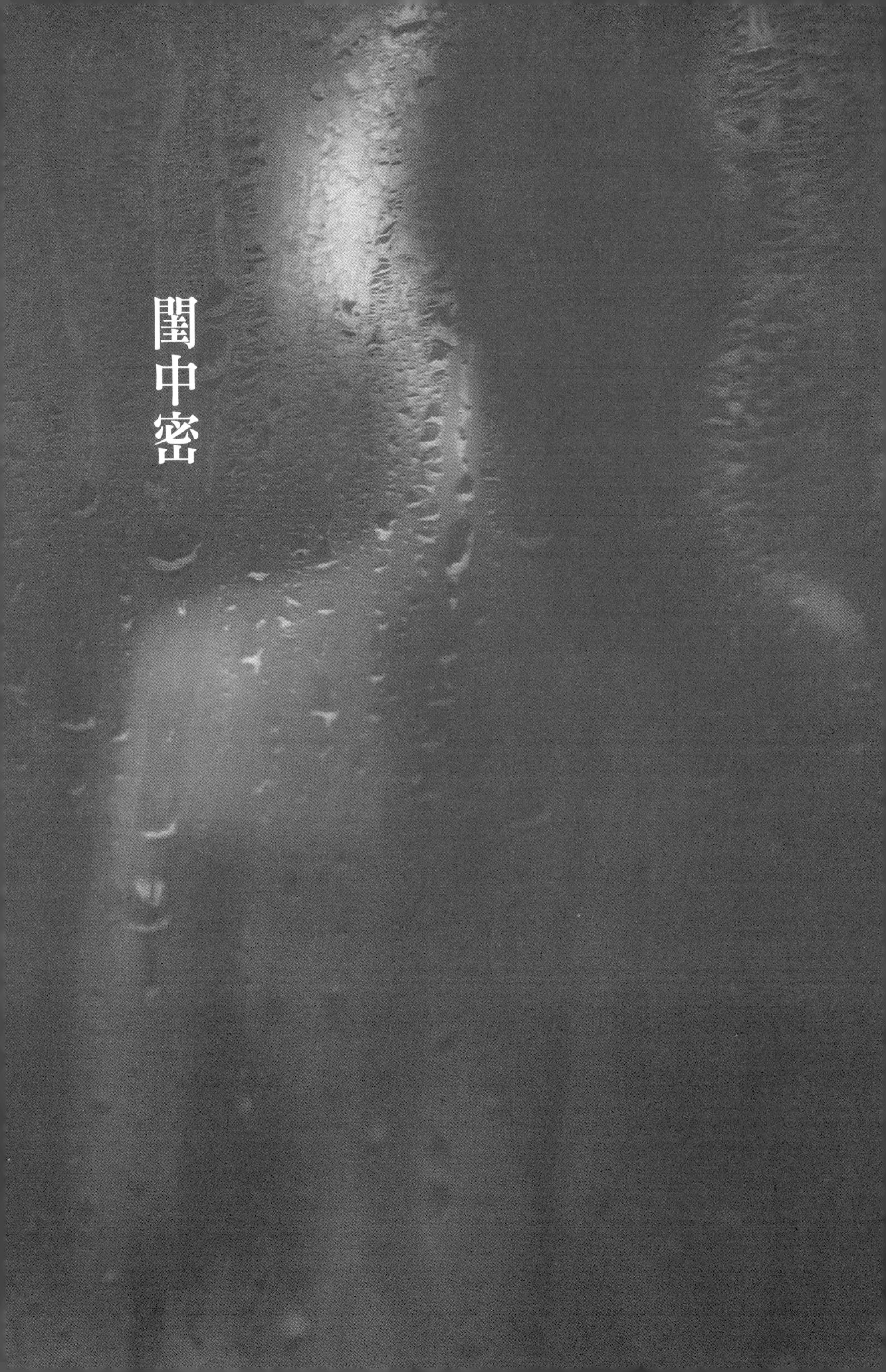

冰爪子

何冰的手，就像她的名字，夏天是涼的，可以冰鎮小茉跑步過後汗津津發熱的額頭，讓她頓覺清涼，到了冬天就是冰冷的，再怎麼好的羊毛手套，小茉給她買的生日禮物，也暖不了。所以冬天她們見面時，小茉總是忙著暖這雙手。一會兒放在自己溫熱的掌心裡搓，一會兒捂在口袋裡。

何冰隨她去，習慣了小茉的呵護她繼續說著這幾天發生的事。很多都在微信和微博裡說了，但那是大綱提要，是標題，見了面需要一一細說。何冰特別喜歡說身邊人的事，大大小小，每個都有起承轉合，輕易能逗人一笑或一歎。

她能言，小茉善聽，總是專注地望著說話的人。小茉從小話就少，薄薄的雙唇緊抿，比其他吱吱喳喳的小姑娘嚴肅許多。都說她是那種不聲不響做大事的人，學習成績一直是頂尖的，單位裡的表現也優異，雖然人緣不甚好，升等加薪沒少過她。沒有人看不見她的能幹聰明，除了何冰。在電影院外頭的等候區，對著她的手呵氣的小茉，看起來真夠傻氣。

「別，別呵了，手都濕了，更冷！」

「妳這雙冰爪子！」小茉無可奈何歎氣，突然抓起那雙冰爪子貼上自己的裸背。裹著羊毛內衣和毛衣再加羽絨馬甲，這滑潤的後背是如此溫暖，何冰像被燙到似地手一掙，小茉哆嗦著咬牙緊緊按住那雙冰爪子。

「好了，好了！」何冰用力抽回手。

「暖點沒？」小茉問。

「暖了，暖了！」何冰笑。

「走吧，電影要開始了！」小茉拿起何冰的珍珠奶茶，大步往前。

放映廳很小，四排中間的位置正好，小茉早早就在網上訂票劃位，知道何冰對這些事很講究，什麼都要最好的，而什麼是最好的，她何冰說了算。

兩人剛把大衣帽子脫下往隔壁的空位上一扔，電影就開始了。早場電影，廳裡只零落坐了五六個人。小茉掌心被冰爪子輕啄了一下，多了兩粒口香糖，不由得想起何冰上回那個約會。

朋友介紹了一個電腦公司的採購經理，三十歲，黃金單身漢，賣相斯文，就是身高不合標準，她一米六，好穿高跟鞋，一米七以下的男人，走在一起橫看豎看不登對。身高在兩人對坐吃飯時倒是不成問題，吃過飯，那個據說談吐挺有紳士風範的男人邀她看晚場電影。

「去看電影囉！」何冰在這時給她發了個微信，後頭加掩嘴偷笑臉。

這個約會從介紹到邀約，小茉樣樣知悉。何冰當日頭戴墜絨球的紅色毛線帽，內穿 Zara 長版白底紅條毛衣搭黑色打底褲，外搭鼠灰色及膝毛外套，蹬一雙鑲兔毛淺褐色中跟短靴，挎一個 Coach 名牌小包，臉上淡妝，鬈髮及肩，晃著小茉送的同心圓大紅耳環，時尚青春兼有粉領的能量，這也是兩人商量好的。

約會時不好一直看手機，何冰是在餐廳洗手間給她發的微信。

「有戲啊！」小茉回了個咧嘴笑。

下文如何，何冰那裡卻一直沒動靜，小茉惦記了一晚。隔天上班，午休前就放話要去逼供。兩人單位只隔兩個地鐵站，小茉從中山公園跑到靜安寺，在一家台灣人開的連鎖牛排館碰頭。

何冰有故事要說時最來精神。只見她滿面春風比手畫腳，小茉則洗耳恭聽，時而撇撇嘴。

看的是好萊塢的動作片，演到一半，一個爆破場面讓何冰嚇了一跳，突然一隻手伸過來握住她。那手厚實，給人安全感，握住了就不放，一直到電影演完。

「這麼久啊？」

何冰有點不好意思，畢竟是初次約會。「給他點面子嘛！」

「老手。」

「什麼啊！」何冰發嗲了，雖然知道小茉說得有理，不過既然印象不錯，何妨拉拉手試試。人跟人之間，除了賣相和實力，不也有個東西叫磁場嗎？

「後來呢？沒說什麼？」

「說了，」何冰忍住笑，「他說電影都看完了，妳這手怎麼還這麼冰？」

小茉聞言爆出一陣大笑，何冰也咯咯笑，惹得左右食客投來好奇的眼光。

「冰爪子！」小茉擦掉笑出的眼淚，蒼白的臉上泛起紅暈。

何冰的故事還沒完。男人開車送她回家。她跟人合租的地方是個涉外高層社區，住的多是白領，進大樓要刷卡，門禁森嚴。那男人彬彬有禮搶先替她開車門，送她進了大廳。道別時，那人說好久沒這麼開心了，約著下個週末再聚，她微笑答允。大廳裡暖氣開得很足，一下子就蒸紅何冰的臉，她把毛線帽脫了，掖在帽裡的瀏海披下來蓋住眼睛，這時那男人就像握她手一樣突然，伸手輕輕替她撥開瀏海，湊近了要吻她。

小茉瞪大眼睛，感覺到胃裡牛排的分量。剛才笑得太猛吃得太急，此刻胃裡有壘壘的石頭。何冰卻好整以暇，先喊侍者來添水。

「喂，小姐？」小茉抗議。

何冰喝了口水，才說：「有可能嗎？才第一次。」

才第一次。第一次就看晚場電影，就拉手拉那麼久，就去撥她瀏海，就想吻她？下一次呢？小茉心裡這樣想，臉上帶著笑，「下一次什麼時候？」

「再約吧。」何冰放下甜點小叉，「今天我請客。」

那男人之後卻音信杳然，何冰猜是出差去了。哪裡不能發微信呢？小茉沒說出口，怕何冰心裡不舒服。就是個吃豆腐的臭男人。如果何冰那時肯讓他一親芳澤，是不是就會有下一次？小茉感覺像吸不到氧氣般難受。

閨蜜

當何冰宣告「妳現在是我的閨蜜了」的時候，小茉吃驚地張開嘴巴，有很多話要說，卻一句都沒說出口。

小茉臉型瘦長，清亮的眼光像小鹿般，有種天真近乎執拗的表情。直髮及肩，天然黑。長手長腳，不塗蔻丹，不穿高跟。一年四季都是米色和咖啡色半新不舊的打扮，方便走路的褲裝：短褲、七分褲和長褲，揹個牛皮背包，背影像個大學生。沒有耳洞，不戴戒指和手鍊，唯一常年貼身戴著的是外婆給的一個玉墜子，繫著紅繩，玉色溫潤。小茉的笑是她身上最溫婉的一點，帶點羞怯，小女孩式的，露出不夠齊整的牙。但她不常笑，更多的時候，她冷著臉想著什麼。她的聲音有點沙啞，白日常被四周的喧囂淹沒，安靜的夜裡則有種傾訴的懇切。

這樣的小茉是不屑當閨蜜的，她不是《小婦人》裡賢慧的梅格，也不是溫柔的貝絲，更不是愛美的艾米。她是追求自由，認定目標就勇往直前的喬，射手喬。她是詩人（中學時代就躲在被窩裡寫詩），是冒險家（單槍匹馬到上海），是不耐煩困在小天地（搞小團體，跟幾個女性朋友成天黏在一起）的獨行俠。

閨蜜。每回聽到這個詞，她總是不屑地撇撇嘴。她臉上沒太多皺紋，三十二歲了，就是兩道法令紋，說是口才好的人都有，但她又是個不愛說話的，可能是常年習慣性的撇嘴吧？就是有那麼多讓她看不慣的事情。比方那個插隊的大嬸，隨手扔香菸蒂的小青年，那些晾在路邊的棉被，霸占了人行道的汽車。更甭提那些瘦肉精、有毒奶粉和地溝油，那些昭然若揭的謊言，那些虛假的應酬話，那些不得不喝的敬酒，不得不包的喜錢。她冷冷看著這些，行事不免有點背理悖情，時不時得罪一些人，背地裡譏笑她「鄉巴佬」、「外地人」。

在她待過的學校和工作單位，她總是不合群，沒辦法合群。天生不喜歡女生之間那種瑣碎的家長里短，關於男人、服飾或美食。當別的女性聚在一起，嘰嘰咕咕侃著生活裡大大小小的事情時，她自己在街上閒蕩，或看街貓打盹，或踩著梧桐葉刷刷向前，小而美的咖啡館是最愛，其他一切從簡，一碗拉麵或生煎小籠包足矣。不追求時尚，不關心潮流，一個人，和口袋裡有相機和筆記本功能的手機，這就是小茉最熟悉最自在的存在方式。曾是。

小茉固定一周兩次去游泳、跑步。健身房後來開了瑜伽班，從台北請來瑜伽老師。遠來的和尚是不是更會念經？她去探看，老師很親切，帶著閩南鄉音，聊了兩句，她就報名了。填表時，旁邊一個女孩笑著說：「哦，妳的手機號碼跟我的好像。」女孩長得圓潤，胸部飽滿，臀部挺翹，紮條馬尾，至少是一般人的兩倍。光潔的額頭，明顯的美人尖，兩頰有淡淡的雀斑，一對水亮的杏眼。小茉笑笑，只是把報名表填好交給老師。

走出教室，女孩卻跟上來了，「喂！」

她只好回頭。

女孩笑咪咪的，對她舉起一枝筆，「妳的筆！」

她甚至沒道謝，收下筆就走，像要趕赴重要的約會。

第一次上課，那女孩記得她，把瑜伽墊跟她的並排。休息時，女孩一直在講話，聲音水梨般脆甜，普通話很標準。小茉的普通話帶著廈門腔，發音比較扁，她一開口逗得女孩一直笑。

第一次相遇，何冰熱情，小茉冷淡。隨著兩人見面次數的增多，冷熱有了消長；何冰的熱度是表面的，對人的親切不過是天性的開朗和從小的教養，而小茉卻像是過橋米線的那碗雞湯，一絲熱氣不出，卻能燙熟菜肉。

何冰曾問：「怎麼妳那時好像很討厭我？」

為什麼初見何冰，就有想逃的衝動？逃走的速度太慢了。日後，每當為何冰傷神時，她便這樣自怨自艾。

為了逗何冰開心，小茉比在學校讀書時還要認真，比單位裡爭取專案還要投入，她心裡密密麻麻墨跡點點，寫滿了何冰喜歡什麼討厭什麼，一顰一笑，細細解讀。時間一久，何冰這個人，簡直就像是她創造出來的一般，裡裡外外通體透明。但是，也有她不甚了然的，就像晴天久了，總要颳颳風下下雨，何冰這條走熟的路，突然出現一條新路，一個陌生的拐彎，還會撞進一個怎麼也走不通的死巷。何冰人生河流裡小小的漩渦，從非拿鐵不喝到迷上花草茶，從只在家看碟到大冷天也要進電影院，從嗜吃見血牛排到不吃紅肉，從嗤笑填充玩具孩子氣，到悄悄買了個半人高的大熊一起睡覺。這些無跡可尋無法預見的變化，讓小茉對何冰永遠沒把握。更讓她抓狂的是何冰的時熱時冷，更正確地說，是外熱內冷，有一處地方又冷又硬，她怎麼也摸搆不著，沒法呵暖它。這時，便覺得眼前人可怕地遙遠了。

「誰能完全瞭解誰？自己都不瞭解了！」何冰對小茉的質疑嗤之以鼻。

但是小茉覺得，天下雖大，她廈門來的小茉瞭解自己，也瞭解長沙的何冰。至少，比誰都瞭解。她的性子直，何冰的腦子活，兩個都是在上海落腳的外地人，一個想的就是工作，一個想的就是玩。她們倆天差地遠，恰恰合了那句顛撲不破的老話：異性相吸。

所以，她小茉有了生平第一個閨蜜，或閨密。

閨蜜，因為閨中女兒的互動，充滿了語言和小動作上的甜蜜，嗲來嗲去，像一塊奶油蛋糕，一碗薏仁紅豆湯，一粒濃情巧克力。情到深處，閨蜜是可以托孤的，然而又可以為了男人眼中的小事，老死不相往來。分手後的閨蜜，有一處隱形傷口，下個閨蜜也無法讓它完全癒合，像這個男人能為上個男人做的一樣。男女戀愛時，很快就從精神溝通往肉體交合去了，一旦肉體交合了，就停滯不動。交合給人一種錯覺，以為瞭解對方了。而閨蜜之間，永遠在進行著精神上的溝通，非常細節地溝通，要知道閨蜜去了哪裡，做了什麼，買了什麼，吃了什麼，腦裡在想什麼，心裡在感覺什麼。她們含笑長久默默對望，眼光裡沒有慾望的干擾，只是澄靜，如兩個辦家家的小女孩。男人關心的是別的。

也有人說閨密，因為女人之間最見情義的，就是分享祕密，尤其是感情上的祕密。我的祕密換來妳的祕密，細細地抽絲剝繭，像最老到的心理醫師分析著對方最細微的情感波動。陪著笑是一定的，笑聲像雲雀，有時是金鐘般轟然，所有的尷尬境遇，都可以引來笑聲，即使發生的當時是咬著唇想哭的。當然也陪著哭，紅著眼睛遞上面紙，這是最加分的閨密了。分享著彼此人生中最不堪晦暗的那一面，跌倒時滿身的塵埃，早上起來沒有梳洗的那張臉，最原來的面貌。閨密又勝閨蜜一籌。

小茉不知道，在何冰心目中，她們屬於哪一種。

一開始，何冰聊的都是她以前避之惟恐不及的話題：美食、時尚、星座，唯一有交集的是電影，但又有好萊塢大片和歐洲藝術電影的區別。

何冰對這些差異不當回事兒，總是念咒似地說：「妳是射手座，跟我獅子座最相配，異性可以結為夫妻，同性就是好朋友。」

小茉相信，這輩子她不會跟什麼人真正相配，不管男或女，除非妥協。事實上，過了三十以後，她就全心放在工作，計畫存夠錢出來開工作室當顧問，嚮往獨自遊歷歐洲的人文史蹟，或去印度靈修在恆河滌清罪業，或去四季倒反的南半球，換個角度看世界，一個人。現在殺出了這個所謂絕配的何冰，小茉還能怎麼做呢？除了妥協。

她們的話題幾乎全是何冰感興趣的事，反正何冰是說話人，她只是聽眾，她學著不用左腦，用右腦。當妳面對一個性感且感性的女人時，妳必須用右腦去跟她同步。奇妙的是，對何冰絮絮叨叨的訴說，小茉一點也不厭倦。眼前人時嗔時笑的容顏，可愛或刁鑽的舉止，開心時就滿臉放光全身放電，不開心時一片瞎黑無星無月，真是千變萬化妙不可言。她在何冰甜脆的語聲裡，不動聲色地被蠱惑了。

當何冰正式把她納為閨蜜時，她們已經一起上了半年的晚間瑜伽課，外加難以計數的逛街、看電影、吃飯。何冰週末要進修英文，最有空的就是週五晚上，她從此週五總是到點就走，不管老闆的臉色或同事的非議。大家都以為她在熱戀中。

何冰介紹她認識其他兩位閨蜜兼室友。圓圓臉戴個大眼鏡的汀娜是大學同學，崇拜所有明星運動員；模特兒般時髦高佻的秀秀是以前的同事，最喜歡日本漫畫和網遊。小茉第一次去做客時，表現得特別隨和，事先打聽了她們的喜好，買了鴨脖子、栗子蛋糕和紅酒，含笑看何冰跟她們打打鬧鬧，並暗暗比較，留意何冰跟她們的互動有什麼不同。何冰坐在閨蜜之間，三千寵愛在一身，滿屋子只聞她脆生生的笑。

小茉回家後，立即在微博上悄悄關注這兩位資深閨蜜。平日在何冰微博上常見她們插科打諢的留言，現在她想知道，在她們的微博上，何冰怎麼留言。

汀娜的微博名是「小咪愛走路」，老是發各地品嚐美食的心得報告，留言都是豔羨、流口水之類，但這天，何冰在一家義大利咖啡館博文下評論：「沒騙妳吧，真心好吃。」（舔嘴巴）汀娜回覆：「沒有帥哥相陪！」（雙眼紅心流口水的色相）「會有的！」（甜蜜微笑）「把好運分一點給我吧！」（咧嘴笑）

把兩人對話再讀一遍。有什麼事她不知道嗎？前天才陪何冰去買靴子。她要一雙過膝長靴，趁換季打折添購。買了鞋，還去一家香港的甜品店喝栗子紅豆湯，沒說起什麼義大利咖啡館，還有帥哥……

睡前兩人照例發微信聊幾句，互道晚安，但何冰什麼都沒提，她什麼都沒問。熄了燈，躺在床上，感到有一絲冷風。她的心裂了一道縫隙。

不對，不應該是這樣，不應該是這種感覺。理性小茉這樣分析。但那個開了縫隙的心這樣回答：就是這樣了，妳想怎樣？

從此，小茉變得多疑，心裡不時有絲絲冷風竄入。

剃刀

一把剃刀。鋒利的刀刃。

「我曾被剃刀劃破虎口，流了很多血。」

「怎麼，想不開？」

「五歲吧，那時候，不知為何家裡一個大人都沒有，我在抽屜裡亂翻，翻出這個小東西，拿在手裡玩，就劃破手了。」

「太皮了。」

也不是皮，她從來都不是個調皮搗蛋的孩子。小茉記得那個傷口很深，因為有好一陣子，吃飯要媽媽餵，自己沒法拿湯匙。為什麼家裡沒人，為什麼她會找到這把剃刀，還往自己虎口上劃？她實在想不通。童年回憶裡有很多這樣的曖昧情事，只知道它發生了，不知道為什麼發生。

現在剃刀在何冰手上。她舉刀逼近小茉，坐在椅上的小茉認命地閉上眼睛。

「妳這眉毛又稀又亂。」何冰替她修眉，胸部都要抵上她臉了，撲鼻一股香水和汗水混合的氣味，異常濃烈，簡直要讓人窒息。

「好了沒？」她受不了了。

「急什麼？還有一邊。」何冰氣定神閒，呼氣一口一口吹到她頭髮上。

小茉感覺到刀鋒細細在皮膚上刮，有點麻有點癢，冰涼的手指按在她太陽穴上。突然想到，老是跟她爭第一名的那個高中同學陳梅，有一次在家裡不慎跌倒，太陽穴往桌角直直撞上去，走了。聽到消息的那年，她們都才二十二歲，完全是不死的年齡。十年過去了，她這十年是白活了。何冰的手指陷進她的皮肉裡。

修好了，何冰打量著剛完工的兩道眉。小茉突然很想把眼前這個人抱住，緊緊抱住，埋首在她胸口聞她的味道，或是臉貼著她的頸項，那一截黃白溫暖的肉。何冰總擦香水，瓶瓶罐罐各種進口香水，這麼久了，她知道何冰的一切，卻不知道何冰的味道。

「妳瞧！」

從何冰舉起的鏡子裡，她看到一對陌生的彎彎的細眉，一雙更加陌生閃躲著的眼睛。

小茉跟人總是保持距離，除了從小帶她的外婆，她跟親人不親，朋友之間淡如水。談對象的時候，不像何冰這樣不斷遇見一些男人，旋即又因各種原因分手，她每次都是按部就班，跟考試一樣認真作答，試圖以智慧通過各種考驗。在某次分手時，對方說她無情，在另一次，對方流著淚說她從來沒有愛過他。她不覺得自己不近人情，反而這些原本看似條件優越的男人，一但深交，一個個變得瘋狂又自私，想完全全占有她。她卻沒法被完全占有，即使在最纏綿合一的時刻，某個部份的她還保持清醒。她曾以為這就是她愛的方式。

她從來沒有瞭解那些男人，像她瞭解何冰這樣，願意花那麼多的心思，細細爬梳她的一切，甚至在察覺到兩人個性、智性和情感上的落差後也不改初衷。跟前幾個男友交往時，她有清楚的方向和標準，認真尋覓一個跟自己匹配的終身伴侶。現在，她是個失去羅盤在海上漂流的小船，只能隨波逐流。

避雨

她確信何冰一定在談朋友了。為什麼不說？唯一的解釋是，這次是來真的，擔心過不了她這關，因為她對男人的嚴苛標準。但只要是真心愛何冰、何冰也愛的人，她會祝福的，祝福他們快樂幸福。這一直是那個底線。不管心事多複雜難言，這一直是她的底線：何冰要幸福，不管由誰來給。

肩背酸痛難忍，僵硬得抬不起手來。在那裡，曾被印上兩記寒冰掌，冰毒早鑽入體內。這是連續加班的第五天，也是連續第三個沒有閨蜜約會的週末，同事都帶著幾分失戀般青蒼的臉色。她還是準點走人。

出了大樓，才知道在下雨。被夜色掩蓋的雨水，在有燈光的地方顯出了來勢洶洶。她哎喲一聲，往後急退，撞上一個人。

「田小茉？」男人扶住她。

是客服部的經理傑克。傑克側身撳開手中的大傘，「車停在哪兒？送妳過去。」

「我打車。」

「送妳去打車。」

她不得不跟著往前走，幾步路的距離，褲腳和鞋子全濕。他們站在路邊，小心閃避車過濺起的汙水，沒有一部車是空的，好容易來了一部，斜刺裡衝出一個男的先上了。

「這雨太大了，這樣吧，我送妳回去？」

「不用了，我，」小茉想拒絕，只是這淩厲的雨勢輕易把他們逼在了一條陣線，躲雨成了優先考慮，「這樣好了，你陪我到前面那家西餐館，吃點東西等雨停。」

她本意是借他的傘走過去，話一出口卻像是邀約。傑克停了一秒鐘，旋即接受了，傘往她這邊又傾斜了點，因為她不肯靠過來，他已經濕了半身。

他們點了生牛肉沙拉、義大利麵和兩杯紅酒，隨意聊著等雨停。小茉對公司八卦從不留意，但也隱約聽說傑克的太太留在美國，兩人長年分居兩地。傑克是海歸，有點中廣，頭髮也稀疏了，但怎麼樣都是個含金量頗高的偽單身漢。小茉雖不像其他女同事般喜歡跟作風平易近人的傑克調笑，見了面也會點點頭，畢竟都是公司的老人了。

潔白的桌布和疊成孔雀開屏的紫色餐巾，天鵝水瓶彎著長頸啣著一個金杯，金黃色的鬱金香半開半閉，花型完美得不似真花。這種餐廳不應該會擺假花，但也難說，現在的假花也插在清水瓶裡，更加真假莫辨。吃喝了一會兒，小茉開始覺得身子暖和，肩頭也不那麼緊了。傑克是那種一喝酒就上臉的人，從額頭開始泛紅，喝到第二杯時，已經紅到鼻頭。

「待會兒還要開車。」她提醒。

傑克卻像受到莫大鼓勵，借幾分酒意說：「小茉，妳平日拒人於千里之外，今天跟我坐在這裡喝酒，難得啊，怎麼能不喝？」

擋酒變成勸酒，想著何冰會怎麼對這種男人下評論，小茉笑了。看小茉如金子般難得的笑容，傑克還真有點心動了。本來只是雨夜裡找個伴兒一起吃飯，但這伴兒是公司人人好奇的單身女郎。聽說她最近談對象了？

「小茉，男朋友今天沒來接妳？」

「啊，什麼男朋友……」

「都老同事了，有好消息一定要告訴我們啊！」

小茉很討厭眼前這雙閃閃爍爍的眼睛。「怎麼會忘了林經理呢？」小茉推開吃了一半的麵條，冷了就不好吃了。

雨一直不肯停，最後，傑克耐不住，告罪晚上還有事先走，他本想把傘留給小茉，後來還是帶走了。小茉只是冷冷地看著他離開，冷冷看著窗外不知疲累的雨線，想著，何冰回到家了嗎？淋到雨了嗎？還是躲在另一把大傘下？

就在此時，微信叮咚響了，看到不能再熟悉的何冰的頭像，小茉難忍心中激動。

「回家了嗎？淋到雨了？」

小茉邊抹 水，邊飛快打字：「沒淋到雨，妳呢？」

謊言

小茉下了班來接何冰，兩人在一家兼賣特製麵包的素菜館吃了素麵，提著蔓越莓核桃麵包，沿著南京西路走。這是何冰最喜歡的飯後散步路線，五星級酒店和精品百貨商場，看不盡的都會繁華。

何冰一路說著小時候的鄰居男孩，通過她的微博連繫上了。當初那個總是跟在她身後轉的男孩，特地從杭州趕過來，見了一面。

「青梅竹馬？」

「人家名草有主了。」

「有主了還來見妳？」

「見了又如何？」何冰長歎一口氣。她才二十七歲，卻已經感到那種急迫，好男人都被選走了，接下來遇見的，恐怕都是已婚、離婚或不婚的男人了。她轉頭問比自己更大齡的小茉：「妳想單身嗎？」

小茉撇撇嘴。

「妳不想再戀愛嗎？」

一部轎車險些追尾，一個行人橫穿馬路，一對情侶在街角自拍，兩三個洋人笑著推開一家餐館的門……小茉看著眼前進行式中的花花世界。戀愛？她是在戀愛啊，只是，這戀愛必須單獨進行。

以前從沒想過會發生的事，竟然發生了，而她只能接受，就像五歲的她，看著虎口冒出鮮血，沒哭也沒叫，只是接受。她甚至不覺得有什麼「不正常」，因為愛的感覺是那麼強烈，她只是驚奇，驚奇於自己竟然有這麼強烈的情感，驚奇於自己竟然可以如此愛一個女人。但也只有何冰了，之前，她沒有過，之後，也不可能再有。

獅子與射手。讓我們當彼此的第一個女人吧！好幾次她想這樣對何冰說。但何冰關心的只是圍繞身邊的適婚男。如果她也交男朋友，何冰會吃醋嗎？

她於是把那天避雨的故事加油添醋說了：跟客服部經理因避雨而一起吃飯，喝了幾杯，然後被送回家。

「這不像妳，這太不像妳了！」何冰嚷著，一邊用力搖著小茉的手臂。平時散步，何冰總習慣勾著小茉的手臂走，小鳥依人。

但何冰最後彷彿是信了，難得地沉默了。她們不發一語走在熱鬧的南京西路上，一直走到地鐵站各自返家。

當晚互道晚安時，小茉原想跟何冰說開，不過是一個玩笑，不知怎麼卻沒說，只是發去一個藍底白星的彎月亮，祝她有個好夢。

謊言有如滾雪球。何冰對小茉隨後編出來的各種約會情節照單全收，聽完故事之後總這麼感歎著：「這不像妳啊，妳到底在想什麼？」

小茉終於鄭重道出戀愛的心情：妳怎麼能那麼心疼一個人？時刻記掛他的作息

是否正常，工作是否如意，心情是否放晴。妳怎麼能那麼維護一個人？為他的粗心流淚後，立刻替他找理由。妳怎麼能那麼想念一個人？見面前，見面後，甚至見面的當下，想念他剛笑過的燦爛的臉。妳怎麼能那麼瞭解一個人，心中卻又完全沒底，因為這一門課妳從未修過，妳以為知道的答案都是錯。最最不能解的是，妳怎麼能繼續這樣，彷彿一切再自然不過……

何冰不知道還能說什麼。

告白

小茉只有兩個方法能解脫。一個是告白，一個就是絕交。現在的情形不能進又退不了，懸在半空中，她不能正常吃睡，體重掉了五六斤。有時一股強烈的悲傷湧上，她必須用盡全身力氣壓抑。她再也無法長久凝視著何冰的眼睛，懼怕它會勾動壓抑心中的情緒，洩露了她苦苦保守的祕密。

告白吧？

告白就告白！

射手小茉是「愛上就愛上了」的信徒，她認真思考著告白的方式。語言不如行動。找個機會親她吧，親在唇上。想到這裡，小茉心裡顫了一下。親在臉上，那是友誼，親在脖上，笑鬧慣了可能不以為意，親在手上如紳士對淑女，那也會被視為兒戲。只能親在唇上……

再一次想到那個拉手男。第一次約會就敢拉女孩的手，就敢近身吻她……哦，對了，還有何冰當時故意遺漏後來補充的細節，男人拉她手時，還玩她的手指頭！這是男人的動物性嗎？這理直氣壯充滿肉欲的攻勢，只因為他是男人，而她是女人嗎？

而她小茉，卻怎麼樣也越不過那道無形的鴻溝，女女之防。她只不過想再近一點，再靠近一點。

想到何冰已經遭遇，以及將遭遇的這些男人，想到他們將如何理直氣壯把何冰攬進懷裡，親吻她（溼潤柔軟的雙唇，欲迎還拒的舌），撫摸她（光滑的肩頸，豐滿膩滑的胸乳和臀部），跟她做愛（呻吟喘息深入禁區，因愛悅而痙攣的面孔），她渾身因嫉妒而顫抖，但在顫抖中又生出一種難言的快感，彷彿抱住何冰的男人就是她。

深夜她想著告白的事，白天她被這瘋狂的念頭嚇壞了。她的消瘦是如此明顯，公司裡盛傳她失戀了，何冰則信了她所說的分手故事。她的恍惚和悲傷，都有了理由。

春天來臨時，小茉在這瑜伽班快兩年了。喜新厭舊的何冰，已經換到拉丁有氧班，她還是守在最角落的那個位置，還是選那個墨綠色的瑜伽墊，還是默默地來，結束時不發一語。但今天老師叫住她。

「小茉，手受傷了？做的時候還OK嗎？」

她看一眼自己的左手，中指指尖纏了創可貼。「沒什麼。」

「妳能等我一下嗎？」

最後一個同學離開了，老師看教室都收拾整齊了，拿起背包，關燈，鎖門。

她們沿著社區的石子路往前，春天的夜帶著不安的騷動，老師的聲音有種安穩的力量：「瑜伽是一種身心平衡的藝術，它不只是肢體的伸展，這個，我想妳都知道了？」

「嗯。」

「最近，看妳的情緒不太對勁，妳的肌肉顯得特別緊張，還有啊，最後休息時，好幾次都看到妳在流淚……」

小茉不語。

「我只是想告訴妳，不要去壓抑妳的情緒，讓它去。沒有人能真正控制什麼，從瑜伽的練習裡妳會學到，我們不是身體和情緒的主宰，我們只能觀察和接受……」

老師溫柔的話語像夜風般拂過，這時，小茉感到中指指尖閃過一絲刺痛。當她拿修眉刀用力劃開指肉時，什麼都沒感覺到。

老師跟她說再見時，輕輕抱了她一下。

終點

小茉的解脫自天而降。何冰被安排去相親，男的是同鄉，在蘇州經商。之後微信傳情，視訊傳意，蘇州上海兩地跑，短短半年，感情就開花結果了。

從相親到求婚，何冰巨細靡遺地告訴了小茉，小茉總是很專注地聽著。何冰已經買票上車了，沒有意外的話，那車會帶她抵達終點。等她到了目的地，小茉知道自己這趟旅程的終點也就到了。

何冰絮絮叨叨的述敘裡，沒有太多浪漫的情節，也許是故意省略？第一次牽手，第一個吻，第一次到她家，之後，便語焉不詳，或是一副「妳也知道嘛」的模樣。如果小茉追問，她肯定願意多透露一點，獅子和射手的閨蜜死黨，有什麼不能說的？但小茉什麼都沒問。

何冰發了幾次脾氣，因為過去對她呵護備至的小茉，竟然對她的終身大事漠不關心，更因為小茉忙得沒法當她的伴娘。結果汀娜成了伴娘，陪她試婚紗、訂婚宴、印喜帖，忙裡忙外。

初春三月，她親自送喜帖給小茉，約在過去兩人常去的那家咖啡書屋。那裡離她的單位近，可是每次總是小茉先到，點一杯清咖坐在大窗旁等她。

這次，還是小茉先到。何冰在窗外一眼就看到小茉一手支著頭，眼睛半閉，精神萎靡。她一進來，小茉卻馬上坐正了對她笑，讓她以為剛才眼花了。

「是我要結婚，怎麼妳比我還忙？不微信，微博也不看了？」何冰還來不及脫外套，先就一長串抱怨。

小茉看著她。何冰今天打扮得特別妍麗，粉橘色滾蕾絲邊的短外套搭米色長裙，洋溢著喜氣。小茉問：「瘦了？」

「現在不用減肥了，一口氣瘦了四斤！」何冰笑，攏了攏被風吹亂的頭髮，外套、帽子、圍巾，一樣樣搭在椅背上，點了杯花草茶，又忙不迭地問：「妳要去印度？」

「嗯，去參加一個瑜伽研習營。」

「沒想到妳那麼有興趣。」

「沒想到的事還多著呢！」小茉擠出一絲笑意。

「是嗎？」何冰沒多問，「喏，拿去，要來啊！」

小茉接過，西式改良喜帖，印了新人的婚紗照。裸肩的新娘倚著新郎巧笑，背景裡盛開的不知是牡丹還是芍藥……寒天不合適出外景，將就著在棚內拍了幾組，為此何冰還老大不高興。

小茉收起喜帖，拿出一個藍絨珠寶盒，「給妳。」

何冰也不客氣，接過來打開，裡頭是條黃燦燦的手鍊，墜著幾個精巧的寶石掛件，一個個仔細看去，卻是十二星座裡的獅子、射手、太陽和月亮。何冰在掌心裡把玩，「訂做的？」

小茉不答，「去蘇州後，常戴戴吧。」

男方依了她的願望，婚禮在長沙辦，在上海請客。之後，嫁雞隨雞，在蘇州定居。汀娜和秀秀已經開始留意新室友的人選了。何冰愣愣看著掌心裡的手鍊，想到離開的日子已然迫近，眼眶慢慢紅了。小茉在旁也不勸，只是木著一張臉。

婚宴當天，小茉到休息室來打招呼，跟她拍了合照。她臉上的濃妝，襯得小茉格外蒼白，五官模糊，像從霧氣裡浮出的一張臉。雖只是請客，禮俗還是一套套不能免，禮服換了三套，菜沒吃上兩口，又餓又乏，虧得有汀娜和秀秀前後打點，總算一切圓滿。小茉卻不知什麼時候已經走了。

當晚一對新人就宿在這五星級酒店的豪華套房。新娘卸妝拆掉盤髮，足足花了兩個小時，新郎等著等著睡著了。婚禮上周就辦了，今天只是請客，說不上什麼春宵一刻，反正早就是他的人。

何冰卻怎麼也睡不著，獨自起來倒了杯紅酒，披頭散髮摸黑坐在沙發上。牆邊一溜大大小小的陰影，是朋友同事們的賀禮，幾件長禮服掛在半開的衣櫥裡，像躲在衣櫃裡的女人，已然功成身退。喜事終於辦完，接下來就是過日子了。

春寒料峭，房間裡開了暖氣，她的兩隻手還是冰涼的。手貼在臉上取暖，腕上的手鍊掛件輕觸她的臉。冰爪子。她像聽到小茉沙啞的語聲，耳語般地，戲謔地，愛寵地，冰爪子……她記起手心貼到小茉後背上那種灼燙的感覺。

今後，沒有人會再為她這樣暖手了。

九十九封信

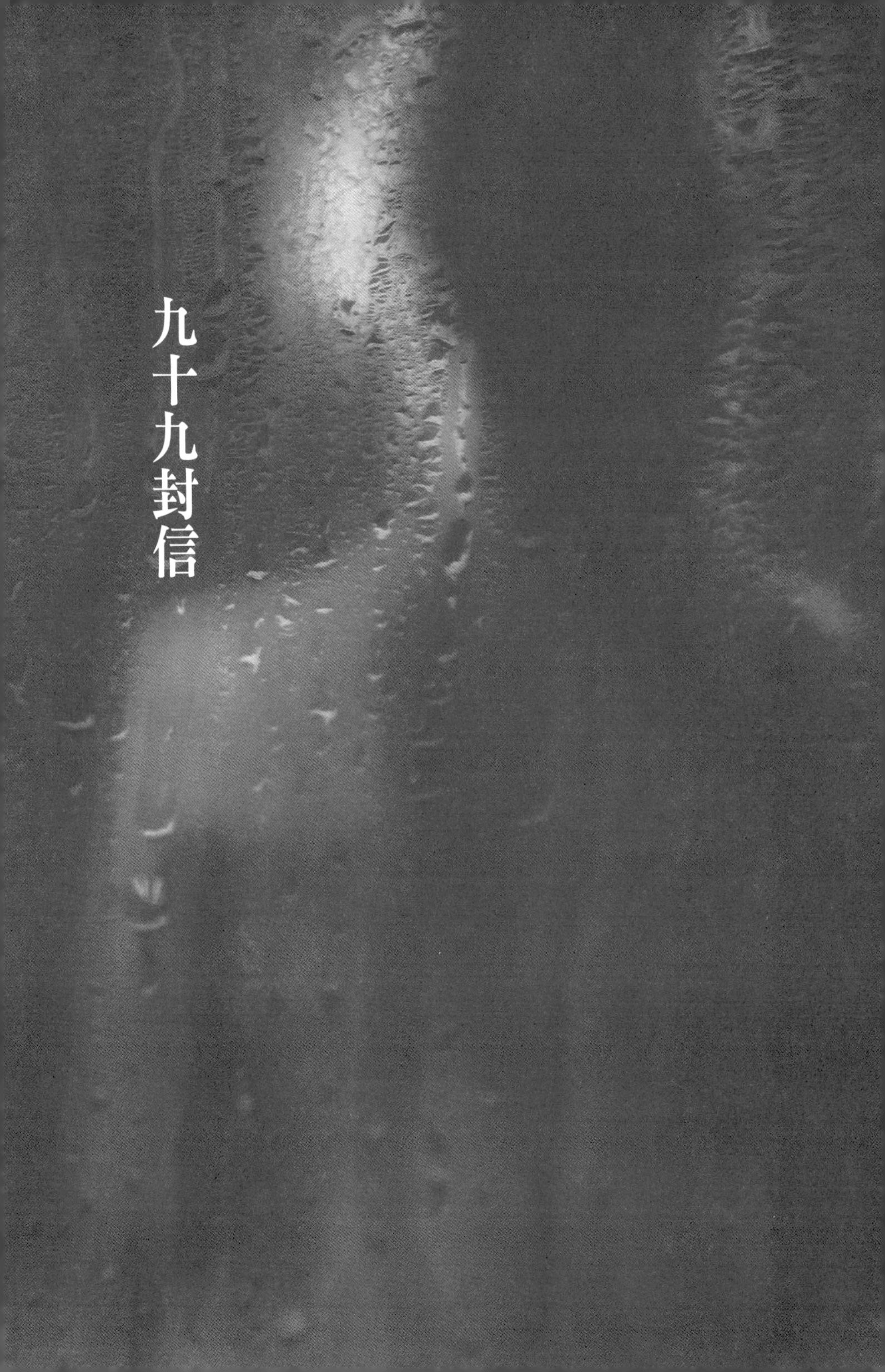

黃昏的書房尚未點燈，他坐在那裡，低頭讀信。金黃的夕照溫柔圈出一個讀書人的側影，頂上的頭髮已然稀薄。抬頭見她，他笑得慈祥。你來得正好，這封信寫得不錯。一邊說著，一邊拿起桌上的紅墨水筆，在信紙上批了個A。她感到疑惑又有無可言喻的解脫，原來只是一項作業！紅墨水在紙上漸漸暈開，A字越來越大，越來越大……

寫信給我

兩人頭一回的分離，女人要回上海，臨走時說，別打電話給我，別發消息給我，別微信別連我，當然也別寫電郵。如果你真的要寫，寫信給我。

寫信，對四十九歲的余有志，實在是一件太陌生的事。上次寫信，恐怕都是三十年前了，那時他在追話劇社一個外文系的女孩，信裡特意用了幾個有學問的英文單字，討論戲劇和人生。寫了三封，沒得到回信。那個女孩什麼長相，印象已然模糊，只記得一頭鬈曲的長髮，在苗條的腰際線上誘惑性的晃動。只有在她背過身去時，他才敢大膽長久地注視，三十年後，這個收到他第一封情書的女孩，留給他的便是一個美麗的背影記憶。說也奇怪，之後那麼些這樣那樣的女孩，在還沒追求到手前，於他都是鬈曲的髮梢，隨著步履輕輕晃動，而他最大的慾望就是能夠一把抓住，放進嘴裡咀嚼。

他從後面進入，咬住女人一縷髮絲，總是比想像的乾且硬，這些燙染過度的髮絲。只有朵雲，只有朵雲在三十八歲時，還黑髮如緞，天然潤澤，髮色細看是炭燒過的灰青，神祕，飄忽。髮長及從皮肉下突起的肩胛骨，正面剛好蓋住一對嬌小的乳房，在棕色的乳頭上晃動輕拂。每次，他咬著她的髮梢，咬不斷的鋼絲，有著驚人的韌性和硬度，跟那具溫暖淌汗的身體不一樣。不一樣的還有她眼睛裡那種拚命，在高潮前一刻，眼底泛起秋日深潭冷冷的水光。

「妳恨我嗎？」他翻身躺倒。

「別傻了。」她拉過床單蓋住半身，閉上眼睛。

他看著她，不知道她閉上眼睛是要休息，還是不願繼續這個話題。

要遇到這樣一個外冷內熱的女人不容易，在床上能滿足他各種幻想，穿上衣服卻又優雅素淨到讓人沒有一絲雜念。自從有她，他對其他女伴都失去興趣。朵雲不在台北時，所有一切都是過眼雲煙，肉體之間的碰撞摩擦，不過是刷牙洗臉，讓慾望定期開柵洩洪以免火燒屁股，算是正餐前用來止饑的小菜，英文裡說的 Tie You Over，把你綁起來，暫時約束好，靜候美味主食的到來。如此三個月茹素換來一個星期的激情爆發，他壓在這個女人身上，如回到原始洪荒。只有那才能，止渴飽腹，只有那才叫，做愛。

每三個月，她從上海回台灣，所謂的返台探親假。她說自己單身，只是回來看獨居的母親。父親住在南部，她從未去探望過，因為父母的離婚是決裂性的，而她一直是站在母親這邊。她有紐約大學商貿和心理系的雙碩士學位，在大陸企業開始注重客服，改善跟顧客關係的時刻，被延聘進了一家跨國公司負責市場調研開發，享有高薪、配置有市中心的酒店公寓、用車和司機。女強人，美麗，單身，多金。但她說她不過是隻沒人疼的候鳥，身不由己，飛來飛去。她窩在他懷裡時是如此嬌小可憐，習慣性地輕啄他的頸脖如一隻小鳥，他幾乎無法相信她有那樣的工作和能力。然而他又怎能不相信，他們就是在一個商界酒會上認識的。

台灣一流大學的校友聯誼酒會，來的不是工作上積極建立人脈的金融、保險界學弟妹，就是像她這樣被請來分享大陸經驗的傑出校友。余有志，朋友暱稱老余，是聯誼會創會元老之一，早年趕上美國 Start Up 風潮，跟幾個朋友做成一家漫畫軟體公司，幾年後賣掉，大賺一筆，時年才四十出頭一點，接下去打算搬到四季如春的佛州提前當閒雲野鶴，誰知妻子被診出腮腺癌。手術割除後，右臉的上半部僵掉，從此家裡車上到處是墨鏡。有時，她把自己層層遮掩，像一團會移動的布塊，有時，她光裸著半僵蠟像般的臉，要所有的人直視她的眼睛。他期待關燈的時刻，當他們並躺在床上，他的妻子又能談笑自如，然而她只是發出困獸般壓抑的哭聲。他們沒有小孩，她選擇住進加州聖塔芭芭拉一個素食養生中心，作另類治療。她急匆匆地走，好像跟情人私奔，抗癌占據所有的心神，再也分不出一滴一點給他。他獨居三個月後，回台北探親，接受了學弟的邀請，在一家軟體開發公司當顧問，很快地買了房子，夫婦形同分居。去見岳父時，老丈人對他不諒解，認為他不該丟下生病的妻子，獨自返台，無情啊太無情。他始終沉默不語。

「是無情。」朵雲說。

「是她丟下我。」他說，「是她先丟下我！我沒病，我還活著，妳懂嗎？」

朵雲俏生生一對鳳眼盯住他，那裡頭此刻是春光旖旎春情無限，一隻手插進他已然稀疏的頭髮爬梳，然後以同樣不容分辯的決斷，探進他褲襠裡。男人是無情，她說，翻身騎到他身上，以各種角度旋轉磨擦他，眼睛很冷，不知靈魂飄到哪裡。

如果說，朵雲的身體讓他著迷，朵雲的心則令他迷惑。他想抓住，就像抓住那尾髮梢，放進嘴裡細細咀嚼。

朵雲有時也跟他談心，通常是兩人盡興了，夏天他拿來兩聽黑啤，冬天拿來熱咖啡。她懶懶拉過床單蓋住半身，頭髮散披在奶白泛青筋的乳房上，說著一些過去的事，彷彿性愛把她還原變小，回到童年。

我爸……她總是這樣開場。我爸要我每天早上看到他都要說Good morning,daddy，出門時，我爸開門讓我先行，說Lady first。我的第一部電影是我爸騎摩托車載我去看的，迪士尼的卡通片，首映就去了，同學都羨慕我。我爸說我是個很聰明的女孩，只要願意，什麼都做得到。有一次我生病，不能上學，我爸中午特別回來，給我煎了一個荷包蛋。上了中學，我總是考第一名，全班第一，全年級第一，我爸看到成績單時，總是笑著搖頭歎氣。每天晚上吃過飯，我開始做功課，我爸不准大家出聲吵我，家裡的電視調到靜音，弟弟妹妹大氣不敢出一聲。我爸長得很帥，高高瘦瘦，會吹口琴，女學生們都很喜歡他……

故事的內容總是父女間一些時而溫馨，時而無聊的互動。他不知道這些瑣碎的事有什麼好講的，在二十年後的今天，在做過愛後的滿足和疲累時。他常聽著聽著走神了，朵雲繼續說著，不需要聽眾。

就是這個女人，把地址一筆一畫寫好，壓在他的書桌上。他在信裡能說什麼，有什麼是他的手和腳他的嘴和舌他的全身還不曾告訴她？當思念濃烈時，他在連我和微信上狂發消息，想確認兩人在同一個時空，對方卻是一片喑啞。易朵雲這個人根本不存在，是他腦裡幻想出來的白狐。

在一場特別激烈，從浴室開始，結束在書房旋轉椅上的性愛後，朵雲痛苦地直不起身。她的臀部抽筋了。這不是第一次，但是最嚴重的一次。第一次他在雪白的臀上使勁一咬，她肌肉一繃緊，一時鬆不下來，他又按摩又道歉，此後左臀成為啃咬的禁區。可是他嗜咬女人圓挺雪白的屁股，尤其成了禁區之後，朵雲的左臀對他更產生了致命的吸引力，一不留意，他就發現自己又滑游到那裡，在那富於曲線和彈性的山巒流連。這一次他沒咬，是朵雲自己用力過猛了，好像沒有明天。

他把朵雲抱到床上側身躺好，拉過床單蓋住，為她按摩。她看著赤裸的他那副模樣，笑了，把他的頭拉進懷裡，「我爸總是打我屁股，有時候因為我乖，有時候因為我壞。小學六年級，有一次我沒寫作業，他很用力地打我，我屁股抽筋，痛得跌在地上哀哀叫，我媽說，女兒已經轉大人了，你還這樣打她？」朵雲細瘦的手指插進他的頭髮，摩著他的頭皮。自從禿髮後，他不讓人碰頭髮，但朵雲的手指沒商量。「以後，他就不再打我屁股了。」

「我以為妳爸爸很疼妳？」他輕輕吸吮她的乳頭，那裡還硬挺著。

「男人善變。」朵雲說，歎口氣，「你說，當媽媽是不是這種感覺？小 baby 吸奶是這種感覺嗎？」

「想當媽媽了？」

「去哪裡找個好爸爸？」

「不是找到了嗎？」他嘴上使勁。

「你又當 baby，又當爸爸？」她嗤笑一聲，把床單蹬開，「來呀，爸爸，你來呀！」兩個人纏成一團。

低調的奢華

那個女人像突然醒過來，看了一下腕錶，拿上皮包和傘，走出去了。

「沒有人知道她是誰。」來自巴西的酒保傑克用他略嫌生硬的英文說，「一個寂寞的台灣女人，總在雨夜出現，十點多左右進來，點一杯曼哈頓，或是龍舌蘭日出，喝得很慢，抽根菸，有時再加一杯，午夜時分就走人。邊角靠窗那裡，是她每次來坐的位置，如果有人，她便不逗留。那是個特別適合她的位子，不是嗎？窗外有棵優雅的日本楓樹，纏著黃色小燈泡，投影在窗玻璃上，跟她的側影交疊。一個成熟的女人，美麗有心事。你還能要求什麼？」雨夜的酒館人本來就不多，當傑克調好每一杯酒，洗好每一只酒杯，一個個排好，再也無事可做時，他就遙望著這個女人。

有的女人可以近觀，這個女人適合遙望。「她微低著頭，看著自己的杯子，或是窗外的某一點，你知道她的靈魂不在這裡。她為什麼來？我知道你會這樣問。我們並不是上海什麼熱門的酒館，那些在舊法租界、外灘一帶的時髦酒吧，放著拉丁音樂，顧客跳著騷莎，或是那種美式酒吧，三五朋友大聲說笑，看足球。我們不是那種地方，我們吸引的是一些有心事的客人，他們不想待在公司，待在家裡，想走出來又不知去哪裡。一個像這樣放著爵士鋼琴，燭光搖曳的小酒館，適合想要安靜但又害怕孤獨的人。這裡並不容易認識什麼人，大多是熟客，但是我敢打賭，先生，你想認識她。」

調酒師說得不錯，梁馬克其實是尾隨女人進來的。他剛結束了一個奢侈品推介案，準備隔天獨自一人去廣西北海住幾天，深圳的老同事在那裡買了個靠海的小樓房。他什麼都沒準備，甚至不知道北海那裡有什麼。美麗的風景，新鮮的空氣，相對三亞更為天然純樸？這些是度假的理由，但他只想離開。往南，是冬天的適宜選擇，如果老同事的小樓遠在北方的哈爾濱，甚至是漠河，他也會去的。一支德國老牌金筆被介紹進上海了，在這個沒人用金筆的地方。那個外灘奢侈品介紹會十分隆重，香檳被倒進了高腳杯，接著是年分上好的紅白葡萄酒，在金碧輝煌打上廣告的水榭旁，美麗的模特兒衣著單薄，長裙高叉，巧笑捧著黑色絲絨盒，盒裡躺著有百年歷史的金筆最新款。多少重要的買賣契約將以它來簽訂？多少關鍵的禮節要靠它來打點？這些都跟他無關，做完了，只想離開。

離開前的晚上，隔壁夫妻在吵架，上海女人拔尖的嗓音，唱戲般罵得激昂，男人啞掉了，讓女人唱獨角戲。他住的地段有上海的老靈魂，隔兩條街，是梁家從前的老宅，兩層樓的洋房，現在賣本幫菜，濃油赤醬很是正宗，他卻從未進去過。從小，他爸爸就被爺爺帶到香港，奶奶和大伯大姑留在上海，守房子守產業，最後什麼都沒守成。運動一來，大伯大姑都在外鄉落地生根了，回到上海也不是上海人，跟他一樣，他連上海話都不會說。大學畢業後，他先到深圳工作，再到上海，在老城區裡想像爸爸的童年。夜晚，安靜的梧桐路上，渺渺的練琴聲，音符的升降有如時光，上去了，又下來，不是直線往前，只是不斷在胸口盤旋，老的時候，心情還像孩子般孤單。

他不懼怕孤單，從小的習慣。與孤單相比，吵鬧更可怕，尤其那種具有殺傷力，充滿指責控訴的喊聲。難以想像在電梯間遇見會微笑點頭、穿高跟鞋挎皮包的朱太太，會有這麼大的火力，而那個穿睡衣趿拖鞋給家人買早餐的朱先生，此刻噤若寒蟬的神色。他們這樣大吵，明天開了門出來還是恍若無事，點頭招呼，梁先生，上班啊？自欺欺人的功夫，一點不遜於他們這些專業的廣告人。他穿上連帽的墨綠防雨外套，摸了口袋裡有菸和火，拿了鞋架上的皮夾子和鑰匙，逃難似地下樓去，很高興明天就要離開。

微雨，雨絲不過就是一點潮意，只有在路燈下才看到雨線斜飄。他喜歡老城區，大半是為了這梧桐夾道，夜晚昏黃的情調，那種熱鬧之後必須的安靜，這點安靜，在上海已經越來越難尋到。街是彎曲的，空氣很冷，吸進肺裡刮拉鬆脆。十點多了，他想尋個地方坐下來吃點什麼，沒有奶油菠蘿包和叉燒腸粉，春捲小籠或蔥油拌麵也好。但是這條街，那條街，平民小食小店一個個讓位給紅酒店、乳酪店、日韓版的服飾店、台港的珠寶設計……現在這些店面一一鎖上玻璃門，掛著停止營業的牌子。

他踩在已經被人踐踏無數次、泡在雨水裡腐爛的梧桐黃葉上，後悔沒穿那雙防雨靴。漫無目地走著走著，心疼起自己來了。你說，這日子過得有勁嗎？一個沒啥意思的工作，平日就是一個人單吊，除了工作就是上上網，打打遊戲。上個月到杭州跟那個聊了兩個多月的 Jenny 見面了，繞了半個西湖，吃了一頓飯，回來後就冷了。女孩有點嬰兒肥，牙有點暴，但是笑起來甜甜的，是那種可以帶回家給父母看的人。但沒有人催他成家，父母都比較洋派，晚婚很正常。席勒公關的 Liz 倒好，成熟有風韻，三十出頭，已經當上副總，合作一年多，兩人的微信從談公事，逐漸到溫暖的問候和幽默的吐槽，都要上癮了，只不過那溫情只在微信的世界裡，那裡有指尖一觸輕易可以送出的玫瑰和醇酒，笑臉和哭臉。沒有人提起工作之外出來喝一杯，也沒有人約看電影散步。這樣的邀約，可能讓彼此尷尬，講究實力的現實世界裡，他無足輕重。要搭上美眉是沒問題的，他生了一管高鼻，軟厚外翹索吻似的唇型，身高一米七八，不說話時還是挺神氣的，一開口就有點陪小心地沒底氣。跟這個 Mary 那個 Sherry 拉拉手親親嘴，帶回小樓作進一步的認識，都是可以的，但是那最高枝上的紅花，蛋糕上的大草莓呢？你說，這日子有勁嗎？

開幕酒會那天，Liz 穿了件黑色無袖短洋裝，剪裁合身，前包後不露，露的只是溫柔起伏的全身線條，胸脯上一條天鵝水晶項鍊，一雙踩在高跟鞋裡纖細的玉腿，端一杯香檳，行雲流水招呼全場。她特別過來以老朋友的親切口吻邀他加入下個專案：外國精品買手店入駐淮海路。主流的名牌已經不能滿足中國所有的富人了，更有文化、更講究個性的消費者，要的是低調的奢華。

低調的奢華，這句話讓他震動。眼前的 Liz 可不是活脫脫低調的奢華代言人嗎？這樣的女人，護花使者不要太多哦！「Mark，期待下一次的合作！」她笑著，輕按一下他肩頭，轉身招呼其他人，留給他一縷若有似無的香風，轉瞬間無處捕捉。迪奧？香奈兒？無法辨識這是哪款名牌香水，說明他對奢華女人的經驗有限。

他放棄尋找熱食的念頭，自暴自棄準備回家把冰箱裡的披薩熱來吃，就在這時一個女人擦身而過。她身上的一股幽香，讓他忍不住回頭，看到一個被米色風衣裹住的苗條身影，短靴，纖細的小腿，走路的樣子不緊不慢，是那種不趕時間的走路方式，很清楚要去的方向。他不由自主轉身跟上，走了兩條街，走進了這家小酒館。

坐在吧台，點了杯長島冰茶，一邊聽調酒師東拉西扯，一邊偷覷。女人有點年紀了，臉上眉黛半殘，口紅褪淡，支著頭出神的模樣，有種說不出的楚楚動人，還有，她隨意擱在桌上的愛馬仕皮包。雖然嗅不出香水的品牌，對奢侈品這一塊，他梁馬克還是有一定辯識力。女人的衣和鞋，都有種質料上等做工精細的講究，整個人的打扮很低調，不是那種贗品穿戴者的俗麗張揚。低調的奢華。

這樣的女人，像 Liz 的女人，為什麼深夜獨自來到小酒館？帶著一種揮之不去的落寞，彷彿是來哀悼，來紀念。

女人走了，他也該走了，回去打包，明早的飛機。走出酒館，昏黃的路燈下，雨絲還在斜飄，女人還在那裡，站在路口，像在等綠燈，眼睛卻直視著他。他的心猛烈跳了起來，腿還有點軟，但還是往她那裡走去，走到女人面前才發現，女人很嬌小，傘沒打開，雨絲紛紛落在髮上，結一層水網，被路燈照得發亮。他打開傘，遮到女人頭上。女人笑了，笑得嫵媚。這無人的路上，紅綠燈不過虛設，綠燈了，他們下意識往前邁步，儘管不知方向，此刻先度到對岸再作打算。兩人依偎在一把傘下，像一對情侶，卻是絕對的陌生人。沉默中往前走，女人短靴脆生生一記記敲著紅磚路，他小心翼翼跟隨那節拍。

女人在一家有遮雨棚的店前停步，店裡黑漆漆，靠窗立著個女模特兒，光頭，灰色的眼珠子，兩手一高一低擺姿勢，乳房尖尖頂著針織衫。「為什麼一直看著我，在酒吧裡？」

「妳像一個人。」他衝口而出。

「誰？」

「我的初戀。」他不知道為什麼這樣說，他並無意騙她。根本不用騙她，在她還不知道他是誰時，就已經跟著他走了。但是話一出口，突然感到此言千真萬確。他從未愛過人。那些他親吻過的芳唇，愛撫過的乳房，進入過的女體，他都不愛。愛，必須是有想望，有好奇，有想成為她生活一部份的渴求，當他想望好奇和渴求時，不管這女人是什麼模樣，他都愛。而在酒吧裡，望著她，他了解到這樣一種女人其實一直就是他的想望，只是不可能存在他太過平凡的世界裡。就像他的工作，一支筆可以如此華貴，一個包可以如此完美，一個錶可以是藝術品，人類智慧的結晶，財富地位的象徵，但他一輩子用不了。

她眼光閃爍，眼角細紋散蕩，芳唇微啟彷彿想笑，卻只是抿了抿。他收了傘，女人沒說話，他空出的手把女人攬近，女人沒反抗。他清清楚楚聞到那高雅的香水味，香奈兒或迪奧，不敢相信自己的運氣。女人的唇柔軟，舌頭水潤有酒的甜香，夾著一絲微酸，直溜溜的頭髮絲般的觸感，頸項耳根香氣媚人，摸索她細軟的腰肢，女人一路都不設防，都由他，他漸漸也就不再猶豫，手上的動作大膽起來，隔著絲質襯衫和輕薄的胸罩撫弄，堅挺的下身頂住她，兩人喘著氣，要把自己揿壓到對方身體裡。突然，女人一推，止住他的動作。箭在弦上，但他沒有異議，根本不相信自己有這等桃花運。

「走吧。」女人說。

「去我住的地方？離這裡不遠。」

女人嗯一聲，兩人繼續往前走。雖然還是雨中夜路，踩在溼爛的梧桐葉上，他卻覺得這條路詩情畫意，而他也開始走運了。女人挽著他的手。剛才的耳鬢廝磨很有效率地拉近他們的距離。回到住處，已是午夜，電梯裡亮著白慘慘的日光燈，老電梯發出不堪負荷的隆隆聲，不情願地送他們上樓。電梯間有個燈泡壞了，剩下的一枚照出一個朦朦的世界，鄰居一把黑傘撐在地上晾，還旁若無人擯了幾隻舊鞋，把進門的路都擋住了，他看女人一眼，看她是否嫌棄，但女人神色自若，彷彿只是回自己的家。他沒把傘晾在外頭，這是把新買的好傘，抖抖水，拿進屋裡來靠牆立著。

他沒開燈，黑暗給他勇氣，而女人似乎也喜歡黑暗。在一個漆黑的陌生房間裡跟一個陌生男子，或許便是這個女人的欲求。一滾倒在沙發上，他就替她除去腳上短靴，因興奮而汗溼的手指和掌心沿著纖細的腳踝一寸寸往上，女人這時抽搐了，掙扎了，但這一切都只是邀請。他們恣意地做，陌生的肉體不是那麼陌生，畢竟就是一個男人和一個女人。他不想承認的是，此刻 Liz 的影像占據了他的心神，讓他亢奮無法自持。

完事後，開燈，兩人起來穿衣服。如同親密感的瞬間降臨，陌生也是。眼前快速被衣物遮住的女體，方才手和舌才剛熟悉，他記得摸上乳房時，那裡一片雞皮疙瘩，記得中指上的溼潤和黏滑，女人喉嚨裡發出的呻吟，如此催情……但是燈光下，那神祕的電力和召喚不見了，女人不看他，只是俐落穿上衣物。果然從裡到外一件件都是做工精細質料上等。最後她站了起來，對他一笑。這是兩人今晚第二次四目相接，他看出女人不希望他多說什麼。

女人從他身邊無聲走過，輕輕開門，帶上。他聽到老電梯隆隆上來了，帶著這個不知姓名的女人走了。明天，要去北海。不會再見到這個女人了，對她面容的記憶快速消退，只留下低調奢華的妝扮，悒悒的氣質，皮膚的香氣，等他從北海回來，對今晚的記憶，便完全是對 Liz 的記憶了。

梁馬克所不知道的是，當他再度在會議桌上見到 Liz 時，這個女人的模樣卻突然閃現，一襲風衣，佇立雨中，路燈把潮溼的頭髮照出光暈。面前的 Liz 自信十足談著新的企畫案：英國的服飾集團，派駐歐亞的資深買手，尋找不知名但充滿創意的服飾，創造消費習慣，培養買手店的顧客群……上海的名牌消費力已經超越紐約，接下來是不再盲目追隨名牌，要尋找適合自己的穿戴風格，自己的第二層皮膚……

不知名的，卻是好的，更勝名牌。Liz 的淡妝還是化得那麼不著痕跡，讓人覺得她永遠精神奕奕。她按時上健身房鍛鍊，對工作和身材展現了絕對的紀律。此刻那雙美眸因為談到新企畫而奕奕放光，對眼下的上海奢侈品市場，就像雲豹捕獵，絕對的優雅和不留情。梁馬克不禁想起那女人悒悒的神情，臉上眉黛半殘，唇色是缺氧的淡紫羅蘭。

「Mark，心還在三亞？」Liz 一笑。

「啊，沒有。」梁馬克定定神，「不是三亞，我去的是北海，在廣西，海邊……」

「是嗎？」Liz 開始查看手機。會議結束了。

蜘蛛網之夢

在浴室的鏡子裡，梁馬克看到一張太過白皙、略帶神經質的臉，鬚毛稀疏。他恨恨盯著鏡中人，你是個無可救藥的屌絲！

晚上在手機上跟 Jenny 聊了半天，答應周末去杭州看她。本來以為沒戲了的，但是這女孩突然又在他微信相冊裡按讚給紅心，不計前嫌，於是他又像過去那樣天天看她的相冊，看她的愛貓 Mizu 怎麼頑皮逗趣，跟閨蜜去哪裡喝下午茶。這次去，他該抱她親她，作進一步的認識了。現在的女孩都期待快速進展，否則不是懷疑自己沒有女人味，就是男人有問題。

他出門找飯吃，跟一個女孩併桌。女孩皮膚黑、臉蛋小，顴骨高，下巴翹，一副鬼靈精怪的模樣，粗黑的眼線框出大眼睛，尾端上翹，手上胸前一串串一圈圈閃亮亮的珠鍊，指甲塗成亮閃閃藍紫色，兩個超大銀耳環垂盪。他心不在焉把筷子伸到女孩那籠湯包裡，就這樣，兩個人搭起訕來。他幫女孩付了錢，堅持自己也吃了的，又給彼此買了冰可樂，一起走出店。

這次，女孩把他帶到她住的地方。她有個室友，房裡擺攤似扔著許多衣服和時尚雜誌，充滿脂粉香。室友識趣說去外頭買吃的。

女孩說自己是舞者，常在酒吧裡表演。他沒問是什麼舞，但完全相信，因為她可以把腿高舉過頭，扭轉成不可思議的體位，她還熱得特別快，一上來就自己脫光了，擺出誘人的姿態，他才剛吸吮乳頭，她就喊出聲來，吐的氣裡都是湯包的味道。床頭櫃裡有各種進口的保險套，她選的草莓味，有突刺，可能還有什麼特殊成分，讓他堅持了很久。

她說她叫露露，要他加她微信，有空一起出來玩，「來看我跳舞！」出了房門，室友已經回來了，兩隻腳搭在咖啡桌上，邊嚼鴨頭邊看韓劇。抬頭瞄了他一眼，好像在確認有沒有見過。

他精疲力竭回到住處，沖了澡，對著鏡子詛咒自己。這種日子，要過到什麼時候？總是在妥協。他要的不是Jenny，不是露露，甚至，不是Liz。他不知道自己要什麼？有什麼能讓一切都有意義，讓兩腳著地，身心的慾望合一呢？當然不會是隔壁那對夫妻，現在女的又拔高聲音斥責無用的先生，東西嘩啦啦摔地。梁馬克知道自己該去什麼地方，那裡會有答案，是或不是，會有個答案，然而，他只是恨恨地關燈、上床。

梁馬克終於再度踱進那家小酒館時，已經是春天了，梧桐白幹綠瓣像當季推出的迷彩裝，枝梢冒出一點點綠渣子，晚上套件夾克可以輕鬆出門。他目不斜視直接走向吧台，點了杯紅酒。多話的調酒師已經離職，新人不說一句廢話，甚至不看人。不想讓自己太快失望，他端起酒，啜了一口，慢慢嚥下，再一口，感覺胸腹間跳燃起一朵小焰，才往那裡看去。一看，手一抖，那女人，千真萬確，那女人就坐在那裡，含笑看著他。其實他已經忘掉女人的長相了，可是一見到就立刻對上號，她即使是笑，也笑得悒悒有心事。

腦裡有一瞬間的斷電，就像抽獎時喊出他的名字，或是抽考時第一個叫他，總之，不知這種巧合是天意還是詛咒。但是，他畢竟是快三十的人了，勉力作出一種無所謂的瀟灑走向女人，坐在了她面前。坐下來，也沒有一聲招呼，各自喝各自的酒，像一對老朋友，什麼都不用說。她那坦然自在的模樣，就像當時站在路口看著他，跟著他走。一切都不需要解釋。梁馬克感到一種前所未有的釋放。原來這就叫氣場，氣場對了，就是這麼自在。這個女人曾跟他做過最親密的肉體交纏，而他們幾乎沒有說過話，連名字都不知道。

他開始心疼起這個陌生女人了。這樣一個好女人，深夜獨坐酒吧，如果他不在這裡，或許會有另一個男人過來搭訕，或許她也會跟他回家。這社會變態的人那麼多！萬一是個性虐待狂呢？萬一劫色又劫財呢？梁馬克有點頭腦發昏，忘了自己曾慶幸過那樣淺嚐天堂滋味的桃花運。這女人或許比男人更可怕也未可知，就像聊齋裡寫的，晚上出沒的狐仙……

「為什麼呢？」他脫口問。

「為什麼？」女的抬頭看他。

「為什麼一個人在這裡呢？」他像個老朋友似地問，彷彿走進虛擬的空間，來者何人？扮演什麼角色？他有權知道。不需要白天世界裡的客套隱私和距離，他可以立即揭去面紗。

「在逃避吧？」女人苦笑，舉杯一飲而盡，空杯在桌上發出一聲悶響，一手支頭，揉著太陽穴，「逃避一些不應該發生的事情。」

「是什麼呢？」

女人看著他，搖頭，「你是來找我的？」

他搖頭，點頭。

女人笑了，「今天，我說個故事給你聽。」

女人帶著台灣腔的普通話說得很軟，很溫柔，滔滔不絕，到最後聲音都啞了，一口氣說完虛脫了，桌上交握的雙手微微顫抖。兩人又陷入沉默，現在這種沉默有點像夢裡喊不出聲來，沉重，無奈，他覺得自己該說點什麼，卻什麼都說不出來。又不知過了多久，女人扶著桌子站起來，對他一點頭，便走了出去，步伐搖晃，看來今天酒喝得有點多。他呢？他沒有醉意，只是被困在一個蛛網般的夢裡。現在他知道了，為什麼跟她合拍，因為從小的孤單。

她曾給爸爸寫了九十九封信。

爸爸……一開始是寫在白底藍條的作業本上，從英文筆記本上撕下來的。英文是她最拿手的科目，也是爸爸的飯碗，他是這個小鎮最有名的英文老師，補習班的鎮班之寶。理所當然小鎮一半以上的孩子都曾是他的學生，學校的或是補習班裡的。她的英文成績好，年年都是英文小老師，那也是理所當然的事。

但世上沒有什麼理所當然的事。就像這時，品學兼優又最喜歡英文科目的她，竟然從向來寶愛的英文筆記本上狠心撕下兩頁紙，拿英文書墊著，在自習課時偷偷寫一封信。這是給爸爸的第一封信，那時她高中一年級。橫式的信紙，慣於直式書寫的她，有點彆扭地在首行一筆一畫寫下爸爸兩個字。想想，又在前頭加了Dear

四個英文字母。親愛的爸爸。但爸爸，還是親愛的嗎？心裡一酸，兩顆豆大的淚珠毫無預警地落在了紙上。這第一封信，就以親愛的爸爸開頭，以兩顆滾燙的淚珠結尾。

這是世上最難寫的一封信了。有哪個女孩會需要寫這樣一封信呢？當大家都在忙著讀書做功課，最大的煩惱就是跟好朋友吵架，或是考不好，她卻獨自背負這樣的重任。一封她必須寫的信，一封只有她能寫的信。

當老師在黑板上振筆疾書時，她在心裡寫著這封信。在心裡寫著的時候，有太多的話迫不及待如山泉湧出，有時卻又點點滴滴沒完沒了，像年老失修的水龍頭，一滴，又一滴，一句，再一句。那些話語不是雨水甘露的清甜，而是烈火般地炙熱，吐著長長火舌，警示、怨恨、哀告。那是鳴著警笛的消防車，趕著要去救火，那更是連闖數個紅燈的救護車，為了命在旦夕的病人。爸爸，您，病了。您怎麼能病得看不清現實呢？

把那近乎空白的信，夾在了英文課本，她走進茫茫的暮色裡。書包很沉，因為那空白的信，也因為這次月考的成績單。史無前例，她沒有考進前三名。第五名，天啊，這是什麼奇恥大辱？但是爸爸不會在乎她退步，因為爸爸在戀愛。

她把應該讀書的時間，都拿來寫信了。爸爸曾說，她是個聰明的孩子，只要願意，什麼事都能做到。她相信只要把事情跟爸爸說明白了，只要爸爸理解他給家人帶來多大的災難，只要爸爸能顧念他最疼愛的女兒，他會從這場瘋狂的迷戀中醒過來的。她不懂，爸爸什麼都有了，為什麼還要跟那個阿姨在一起？

在大學聯考前一星期，她給爸爸寫了最後一封信。離開她，離開那個女人，否則我拒考。

她把未來人生賭上了，包括從小學到中學十二年的辛勤學習，三更燈火五更雞，包括一個名牌大學和好工作，光耀門楣。這一直都是爸爸最重視的，也是她在這個家裡最高的價值。押上來一起陪賭的還有爸爸自己多年的付出，從學校趕到補習班，拿著麥克風聲嘶力竭地教著片語和文法，換來的薪資給她買了一部冷氣機裝在房間裡，給她準備各種補品，還有必備必考的參考書和各種補習，她看上的娃娃和小熊，日本進口文具，最炫的髮帶和最美的裙子，只要她開口，爸爸一定給她。全都押上了，她在信尾以從容赴義的決心簽下名字。

信還是依往例，清早偷偷放在爸爸的書桌上，壓在鎮紙下。那是一個山型玻璃鎮紙，裡頭飄浮著七彩花瓣，是一個家長感謝爸爸提升了孩子的英文成績送的。跟往常一樣，爸爸沒有回信。爸爸的沉默讓她難堪，她是在自說自話嗎？這些沉沉壓在心上的痛苦，這些流溼枕頭的淚水，難道只是她自己？這一次，她絕不會讓他以沉默躲避。沉默就是不願意，不願意離開那個女人，即使犧牲了女兒的幸福。如果爸爸真是這樣，她還不如去死。十八歲的她這樣想著，淚水噴湧而出，她掩住嘴，不讓自己哭出聲。

她永遠記得三年前的爸爸節。媽媽在小鎮新開的糕餅店訂了一個鮮奶油蛋糕，是爸爸和她都喜歡的栗子口味，差她去取。她騎著腳踏車，那是條彎彎曲曲的上坡路，在最高處轉個大彎，往下可以看到一畦畦菜田，貼著山坡地一級級升高，青綠墨綠和淡黃的不規則色塊，幾戶農舍，一隻大黑狗，還有走來走去找蟲吃的雞、鵝。這個大轉彎處常有人駐足遠眺，她也曾跟同學來這裡畫畫寫生。那時候，開始有越來越多北部的遊客，假日驅車往南，在山區的一些小鎮裡徘徊流連，吃吃特產，走走老街，她所在的小鎮為了迎接這些遊客，開始出現咖啡館和手工藝品店，這條路上的遊人越來越多，後來菜田都填成停車場了。但是那天，當她揮汗騎完這段上坡路，想到接下去就是毫不費力涼風徐徐的下坡，還有媽媽正在廚房裡忙碌的豐盛晚餐，最重要的是代表節慶的鮮奶油蛋糕，便覺得世界特別美好，就像山腳那一畦畦向上的青綠梯田，襯著天際晚霞，農舍炊煙伴隨幾聲狗吠，還有天邊盤旋的鳥群黑影，是一幅完美契合的拼圖。世界應該就是這種色彩和構圖。

一直到今天，她還在疑惑，如果當初心裡沒有浮現那麼強烈的滿足感，那種被天地寵愛的幸福感，是不是就不會有後面接踵而至的噩運？你誇耀了你的幸福，這幸福便被上天奪去，因為就在此刻，突然颳起一陣大風，天色驟暗，豆大的雨點不留情地打在她身上。幸好那家糕餅店就在大彎後下坡路不遠處，她慌忙把車停到廊下，衝進店裡身上已是半溼。店裡人不少，都是避雨或因雨走不了的客人。

她擠到櫃臺前，從口袋裡掏出訂單，溼漉漉的手把訂單弄潮了，紙上的圓珠筆字渙散開來。但她順利拿到蛋糕。蛋糕裝在粉紅色的紙盒裡，她很想看一眼，又怕拆掉漂亮的蝴蝶結繫不回去。她不敢在人群裡擠，很小心地往門口移動，留意別讓手的一點點傾斜或旁人無意的擦碰，碰壞了鮮奶油的花飾。終於移到角落，站在冷飲冰櫃旁邊，這裡有一扇窗對著簷廊。她雙臂很痠，是為了保護蛋糕肌肉太緊張的緣故，一站定，把蛋糕盒一邊擱在窗臺上，感覺輕鬆多了。

簷廊下站了一些避雨的人，不少人手上都有傘，但雨實在太大。大雨如注，整個世界灰濛濛，天空的大瀑布嘩嘩響著，她想起爸爸教的一首英文老歌：Listen to the rhythm of falling rain, telling me just what a fool I've been……她默念著跟雨有關的英文單字和片語，rain, raindrop, rainy, rain dog and cat……就在她開始擔心這雨永遠不會停時，四周突然靜下來，地上有許多小漩渦，一個個小水窪，急匆匆降下來的雨水此刻像闖禍後的孩童抱頭四處逃竄。

簷下的人三三兩兩走掉，一對男女走進她的視野，背對著她站定，女的披著一頭及肩長髮，後背挺直，微潮的白上衣透出內衣的線條。男的挨著女人站著，半身都溼了，手上拿著一把荷葉邊的女用傘。爸爸？她想叫喚，一股強烈的不安讓她閉緊嘴巴。那開始稀疏的頭髮，脖子上的痔和小肉瘤，略駝的背，還有那件天藍色襯衫，為什麼都透著一股陌生？應該在學生家補習的爸爸，為什麼會出現在這裡？這個阿姨又是誰？他們兩人靜靜站在那裡，不說話，也不看對方，像在等雨停，又像希望雨永遠不要停……

她不由自主打了個哆嗦。剛才騎得一身熱，現在半溼的衣服貼在身上寒意侵人。她有種強烈的恐懼，絕不能讓爸爸看見，但是爸爸肯定會知覺到她的。小時候玩躲貓貓，不論她躲在哪裡，爸爸總是找得到，不論哪裡。她一直相信，跟爸爸之間有條隱形的電話線，心跟心可以打電話，就像她做的那個美勞作品，兩個養樂多空瓶中間拉起一條線，隔得老遠也聽得見。爸爸馬上就會轉過頭來，就在這一秒，她實在太害怕了，只能把眼睛閉上……

「雨停了哦！」店員好心叫她。

她睜開眼睛，窗外空無一人。捧著變得石頭般沉的蛋糕，她拖著腳走向自己的腳踏車，牙關格格地響，手顫腿抖，禁不住的寒意。蛋糕盒太大了，勉強擱在前籃上，草草抹一把溼座椅，機械式地上了車，往回家的方向。

那是個難忘的爸爸節。蛋糕在途中摔落在泥水裡不說，她還得了重感冒，發燒囈語有幾天沒法上學。後來媽媽常說，那次發燒把她腦子燒壞了，因為她從此變了一個人。

爸爸節後一個月，她密切觀察爸爸的行蹤，查出陌生阿姨是彭代書的女兒，彭素琴，大學畢業回家來，還沒找到工作，就在事務所幫忙，她的弟弟曾是爸爸的學生。也許她也是爸爸的學生？師生戀。畸戀。爸爸怎麼可以愛比自己年輕二十歲的人呢？一個可以當女兒的人……或者說，爸爸怎麼能不愛，當生育三個小孩後的媽媽成了黃臉婆？這事要是傳出去，英文易老師的金字招牌，就要被揭下來在腳下踐踏了。朵雲為爸爸憂心，為媽媽痛心，為自己傷心。她有義務要維護家庭的幸福，首先，是媽媽和弟妹不知情的幸福，然後是爸爸迷途知返的幸福，她能做的，就是為爸爸保守這個祕密，勸他回頭。

她開始寫信，一封封警告、說理、哀求的信，在某些深夜裡寫成，在清晨時悄悄放在了書桌上。然而爸爸讀了信後卻裝得若無其事，仍然扮演著爸爸的角色，餐桌上嚴肅沉默，飯後獨據沙發上看報紙，有時在書房裡備課。唯一的不同是，跟她的交流明顯變少了。她不再主動請教英文或談論學校的事，當她低頭扒完飯，關回自己的房間時，家裡如往常般安靜下來。朵雲在讀書時，大家都不可以大聲說話，這是爸爸頒布的金科玉律。只是房裡的朵雲，不是在發呆，就是在寫信。

她的悲痛無人知曉。媽媽還是做著每天必做的事，跟爸爸睡在同一張床上，只是人到中年，體重變化詭異，一下子吹氣似地胖起來，一下子氣球噗一聲扁掉，服藥控制食欲，控制體重，控制心情。媽媽還好，一切都在控制之中。爸爸也還好，只是會在某些時候迫不及待出門，像出籠的小鳥。她呢？她一點都不好，她被背叛了。

姓彭的女人，一度消失，聽說在台北找到工作，但是幾個月後，又陰魂不散地回來了。然後又消失，說是相親，要結婚了……又回來了，還是單身一人。她有幾次在路上遇見，那女人還是脊背挺直，腰肢苗條，頭髮直順順地披肩。不要臉！她想衝她啐口水，卻只是快快走開，心裡只有一個苦澀的念頭：這是爸爸愛的女人。愛，可以從媽媽，移轉到她，再移轉到這個女人。

多少次在夢裡，兩個頑固的背影擋住去路。喂，喂，讓一下，讓開！背影就像石像般，無法撼動分毫。她哭著醒來，領悟到如果這兩個背影不讓開，她就沒有未來。

離開那個女人，否則我拒考……

考試前一天，爸爸還是沒有回應。她早就說了，不需要陪考。要離開餐桌時，爸爸開口了：「小雲，明天是大日子喔，加油！」她愣了一下，冷冷地回一句：「知道了。」妹妹這時也摻一腳討好地說：「姊姊加油！」她一直期待姊姊趕快去上大學，好一人獨享閨房。朵雲用力把椅子一推，回房去。椅腳刮地的聲音，刺激著大家的耳膜，但一個明天即將面對人生最重要考試的人，是有權發洩壓力的。這個晚上，家裡分外安靜，腳步放輕，說話耳語，因此當媽媽在廚房裡摔破一個盤子時，感覺就像天崩地裂。

早上，她準時起床，等待她的是餐桌上熱騰騰的土司夾蛋和牛奶，搖扇、水壺和點心裝在提袋裡，還有這時本該出門上班的媽媽。

「媽？」她很訝異。向來是爸爸最在意她的成績，媽媽關心的是其他的事。

「我陪妳去。」

「不用！」她搖頭，搖手，「我不用陪考，我跟同學一起有伴，說好了，都不要家長陪的。」

「我假都請了。」媽媽把早餐推到她面前，「妳爸爸昨晚跟我說了，他答應，但是，妳必須考到前三個志願。」

「爸爸，答應？」

「他答應。答應什麼他沒說，只是要我告訴妳，一定要好好考。」

她想問清楚，又怕引起媽媽疑心。她必須維護媽媽不知情的幸福。如果媽媽知情，這個家就破碎了。現在她知道，原來她最想維護的是這個家的完整。她不敢多問，也怕媽媽問。然而，媽媽只是要她檢查准考證帶了，等她一吃完，就催她出門。看來媽媽只在意準時把女兒送進考場。

媽媽陪了兩天，默默遞水、搖扇，她則一心一意應考，想著考完，一切就恢復正常了。她沒想到，考完後，媽媽就要求爸爸搬出去。

她如願考上最好的大學，住在宿舍裡，寒暑假留在台北當家教，毫不留戀這個欺騙她的家，在她努力維護它的完整時，爸爸騙了她，媽媽是幫凶。半年後，爸媽離婚，爸爸跟彭素琴搬到南部。

大學四年，她拒絕所有男孩的追求，因為男人不可靠，愛情不可信。愛情是流動的，它的面貌、深淺和對象，一直流動變易如人世間所有事物，今日的愛不同於昨日，明日不同於今日，你即使能長久愛一個人，也不能保持同一種熱度和形態。你無法逃避愛情的背叛，如同無法逃避時光催生白髮，背叛遲早來到，不是來自對方，就是來自你自己。

樓上的貓

拒絕了系裡系外學長同學甚至學弟追求的易朵雲，贏得了冰山美人的封號。有人說她晚熟，有人說她早戀，高中時就名花有主，更有人言之鑿鑿說她跟某企業接班人在拍拖，相偕去峇里島度假。

朵雲不見爸爸已有四年。她順利拿到紐約大學商管系的獎學金，一畢業就出國，沒有跟爸爸辭行。她總在想一個問題。好吧，愛情會變，爸爸可以變心去愛別人，但是，為什麼不回信？連一封信都不回。三年來，她整整寫了九十九封信。

不只一次，她在夢裡撞見爸爸在讀信。有時他眉頭深鎖，抬頭看到她，眼裡竟然泛出淚光，她立刻原諒了他。有時他眼露凶光，一見她便憤怒地把信扔過來，她加倍地恨他。更常發生的是，他面無表情，望著桌上攤開的信出神，看到她只是歎氣搖頭……

朵雲感到非常寂寞。

早在少女時代，她就察覺了自己的慾望，無師自通地會把雙腿夾緊，以一種不動聲色的方式，讓自己面色潮紅，汗水涔涔。快感的電波從那裡往全身四處擴散，一時忘掉爸爸和他的情人。後來，這深埋的慾望讓她開成一朵分外嬌艷的花朵，走到哪裡都送出招蜂引蝶的花訊，但她拒絕所有人。她正處於兩個世界的過渡灰色地帶，一邊是貞節帶把女人緊緊綑綁，女人只有上半身，一邊是受西方思潮和媒體撩撥，女性開始承認並發掘下半身樂趣。她站在交界線上如陷泥淖。她早下定決心不碰愛情，但就寂寞一生嗎？

到紐約的第三個月已是深秋。紐約大學沒有牆籬圍起來的校園，整個紐約下城就是校園，一個個系分散在一棟棟建築物裡，一律插著紫色的校旗。她剛從一家小餐館出來，吃了一個希臘捲餅，裡頭有烤肉、洋蔥、青椒，淋上白色乳酪，用一杯七喜下肚。晚上不敢喝咖啡了，她一直有睡眠問題。周五的晚上，整個下城手舞足蹈打著節拍，人人出籠準備狂歡。這是沒有節目和邀約的人最寂寞的時候。

她還是一個人，拒絕似乎成了習慣，表現在她冷淡的面容和眼神。在這個捕獵的城市，人們都諳於閱讀肢體的暗示。不斷有人被她吸引，不斷有人被拒，一切都在沉默中進行。今晚，她覺得特別煩躁。她在華盛頓公園附近，跟一個新加坡女孩合租一間房，那是個小麻雀似的 Studio，一個廳被隔成兩個區，擺了兩張小床，床邊有張小桌，用來吃飯看書打電腦，浴廁就跟機艙的廁所一樣，空間節省到極致，一個馬桶，一個蓮蓬頭，租金卻貴得嚇人。那女孩沒什麼心眼，也不計較，但做什麼事都很響，晚上看書上網到一兩點，她躺在床上陪著熬夜。天亮就去找房子，她一遍遍告訴自己，但每一天都只是重複著昨天。

她知道今晚新加坡女孩跟她一樣沒有約會，會早早窩在床上戴耳機看電影，不時呵呵一陣笑。再沒有比這樣過周末更悲慘的了。不知何時下起雨來，秋雨最添愁緒，她想也沒想便推開一間酒吧的門，走進另一個世界。來點人世的溫暖吧！酒吧裡人不多，暖氣十足，酒保是個女黑人，壯實的手臂上刺一朵紅玫瑰，花心寫著Vicky。「今晚好嗎？親愛的。」她怯怯坐下，脫了外套，端坐在高椅上，裝出老練的模樣翻看酒單。完全沒概念。「要不要試試雨後彩虹，特別適合這樣的夜晚。」她接受了這杯紅紅藍藍的飲料，入口苦澀，但清涼。第二口，那澀味淡了，嚐出一點果香。

「嗨，以前沒見過妳，我是珍娜。」一個高大的紅髮女人坐到她身旁，泛白的牛仔外套，裡頭一件黑色吊帶衫，自由晃蕩的豪乳，皮膚是飽飲烈日的茶褐色，毛細孔粗大，像收割後焦渴的荒田。她的日常英語說得不溜，珍娜卻幾次哈哈大笑，似乎覺得特別有趣。她感到比較放鬆，身上熱起來，把袖子往上捲，一手斜斜抓住頭髮，讓後頸透透氣。她的頸脖精巧秀氣，白皙如瓷。珍娜把高椅往她這裡移近，歪著頭笑嘻嘻打量她，繼續問她在紐約作什麼，說話時，左手輕輕碰一下她的手臂，再碰一下，眼光超乎尋常的熱切，彷彿她是一個最值得探究的對象。「妳真是個可愛的小貓咪。」珍娜握住她的手。

一起喝了兩杯後，珍娜把她帶到酒吧的二樓，她踉踉蹌蹌，緊抓扶手才能踩穩上去。樓上樓下其實是一個通間，一道彎曲欄干圍起來，像露臺似的，空間不大，或者這裡是舞臺？沒點燈，借樓下的光模糊看見，地上堆了一些箱子和樂器。珍娜緊緊攫住她的手，引她到角落，拉開一條布簾，後頭是個活動衣架，垂掛了一些表演服，衣服上的亮片閃著神祕的光，像一對對窺探的眼睛。

「玩躲貓貓嗎？他、他會找到我的……」

「噓，我們得快點，我等一下就要上臺了。」珍娜在她耳邊輕輕吹氣，「小貓咪……」

珍娜自己才是貓，一隻老練的貓，貓的舌頭溼滑大膽，在她口腔裡捲動，激起的浪花，打溼她的臉，不，那舌頭自己就是浪頭，打在她的臉，她的耳根、脖子、乳房……大浪捲過的地方，溼漉漉地甦醒了，她全身顫慄蜷曲，喘著大氣。

珍娜的手大而粗糙，指頭上長繭，或者她是個吉他手？手像貓爪，撫弄過的地方，痛辣辣地呻吟。珍娜比她更清楚她的身體，哪裡有什麼，什麼在哪裡。她被推到了懸崖邊，感覺死亡就在眼前，下一刻，她就不存在了，變成一頭野獸，果然，她聽到野獸發出咆哮。當珍娜兩手狠狠攫住她的臀部時，一股強烈的痙攣如閃電般襲來，疼痛難當，她不由自主哭喊起來，不要不要……

珍娜更興奮了，手指探進她體內來回抽動，她完全失去抵抗力，癱在地上，珍娜把碩大的乳頭塞進她嘴裡，她不想吸吮，但連吐掉的力氣都沒有，抽噎著，像被體罰的小孩……

「沒做過？」珍娜把她扶起來靠在自己身上，「可憐的小貓咪，我應該對妳溫柔點。」她拍拍她的背，安撫著，問她是否可以自己下樓，她要準備換衣服表演了。

她抹乾臉，整理好衣服，抓著扶手一步步下樓去，全身不可克制地打哆嗦，一直抖回了公寓。她發誓不再夜裡遊蕩，不再接近任何酒吧，絕不！但是她隔天就趕回那裡，去取她忘了的外套，外套裡的錢和學生證。外套跟珍娜的表演服掛在一起，珍娜請她抽了根薄荷菸，她的第一根。菸抽完，她覺得必須坦白。她說她對女人的身體不感興趣，珍娜歎口氣，把伊登介紹給她。

伊登白天在餐廳裡打工，晚上是小劇場的演員，常在下城區幾個小劇場演出一些晦澀難懂的實驗劇。第一次約會，他請她喝咖啡吃漢堡，看了一場電影。第二次她請吃日本拉麵，散步到他排練的工作室，有個新戲要討論。那是劇團負責人的兩房公寓，一房裡堆著過去演出的道具和服裝，一房空蕩蕩只掛著一張吊床，地上胡亂丟著攤開來的畫冊和書，牆上幾張能劇的面譜，白臉紅唇，兩道細眼空空，望向茫茫的未來。客廳裡擠滿了人，喝啤酒吃薯片，說是開會，不如說是派對。鬧哄哄地，她只是陪坐一旁，帶一朵莫測高深的微笑，至少在這群人眼中如此，就跟能劇面譜一樣。最後莫名其妙也被分配了一個角色，在某些時候夢遊般地走過舞臺，沒有一句台詞。

離開工作室時，伊登問她接下來想去哪裡，她說回家。天空飄起雨絲，下城的店面都關了，遠處升起薄霧，在那灰濛天空裡，浮出一張水氣氤氳的能劇臉譜，兩道月牙般的鬼眼，定定看著他們。四周死般寂靜，只有腳下兩雙皮靴敲在石板路的聲音，叩叩，叩叩，一隻野貓縱上垃圾桶，朝他們不懷好意地喵一聲，嚇了她一跳。她心跳得如此之急，伊登都聽到了，他張開外套像張開一雙羽翼，把她包進來。那一刻，她感到溫暖、安全，就像回到父親的臂彎。伊登身上淡淡的菸味，下巴刮人的鬍渣，喚醒她心中潛藏的小女兒柔情，淚水模糊了視線。後來那麼多次，她熱情地包住他，緊而滾燙，只為了回報他那溫暖的一抱。

珍娜和伊登就這樣教會了她什麼是性，性獨立於愛之外。

第三者

這次返台，易朵雲沒有在第一時間見到余有志。老余的短信上是這樣說的：她回台灣了，我們再約。

她讀了兩遍，刪了。開始查看大陸新聞、總公司的電郵、同事的微信和消息。Shit！公司又出事了，這次是供貨商的肉品過期，幾家國際連鎖餐飲店都受到牽連。網上一片聲討，目標不是政府稽查不力，而是外企大品牌虧待中國顧客。在這個積弱多年，突然富強起來的國家，民族牌最容易引起大眾共鳴。本來就如走鋼絲，被法規和潛規則層層牽制的外企，又面臨另一波衝擊，新一輪的相關市調得盡快進行了……

結束一場臨時召開的緊急電訊會議，已經下午兩點。早飯，吃了嗎？她打開冰箱，只有可樂和啤酒。櫃子裡有葡萄酒、蘇打餅乾和巧克力，還有泡麵。出去覓食，還是吃泡麵？她不確定。她不確定是不是明天就飛回上海，不確定誰該負責？不是供貨商欺騙了我們嗎？我們怎麼從受害者變成加害者了？大陸食品問題多多，但樹大招風，消費者和政府都盯住國際知名品牌。

受害者，被害者，誰該負責？她該怎麼辦？

她只能先保護自己。沒有人會管她死活，不論是兩頓飯沒吃餓得人發虛，是否及時作了正確的危機處理，還是，見不到老余？見不到，所以要煩惱三餐，見不到，皮箱裡那個酷似他側臉的皮影戲偶怎麼辦……

她靠在廚房牆上。冰箱馬達轟轟的轉動聲，被無限放大，還有，水龍頭在滴水。是剛才洗杯子沒關緊嗎？她看著那水滴，在水喉下緩緩凝成一顆淚，越來越飽滿，終於載不動，墜落，答一聲。

搬進來幾年了，她從來沒有在這廚房裡煮過一頓飯。沒有。她沒有做的事太多。

她彎下腰去，抱住自己，不能理解突然襲來生理上真切的痛感，巨石壓胸喘不過氣，腹部尖銳的刺痛，腦裡突然湧入的昏亂熱潮，還有這讓視線模糊莫名奇妙的淚水。

怎麼可以？她怎麼可以讓感情滲入跟老余的關係？她甚至從不跟老余連繫，收到消息也是看了就刪。他們之間雲淡風輕，隨時可以說拜拜。一年不過回來四次，能有什麼深厚的感情，曠男怨女各取所需罷了。老余很體貼，她感到被呵護，僅此而已。她沒有打算放入感情，沒有，沒有！

她喜歡了無牽掛的自由關係，兩個肉體合拍的男女，在某些時刻相濡以沫，但是離開就離開了，在每次重聚之間，都是斷裂的。這就是她一向的做法，跟幾個合拍的男人，維持著沒有負擔的關係。分分合合，都不會太牽動心緒，最多就是悵惘，感傷緣分的生滅。

她萬萬沒有想到，老余不能見她，會給她這麼大的打擊。照往例，她只會懊惱，詛咒幾句，然後安排其他節目，絕不是此刻所感到的酸楚和委屈。

老余的太太回來了？

岳父打電話給余有志，要他去接機。尼珂說要他一個人去接。

出現在眼前的尼珂，比記憶裡的豐腴一點，神清氣爽，穿著寬鬆的棉衣棉褲和夾腳涼鞋，竟像是度假回來。一股熟悉的暖流，從他身上流過，讓他鼻頭發酸，尼珂呵，伴他十多年，一起留學創業的尼珂，彷彿過去幾年不曾分開，但是那墨鏡……尼珂把墨鏡摘下，一雙熟悉的眼睛看著他，肌肉的牽動還是有點不自然，但不再那麼僵硬古怪，可以坦然走在白日之下。最重要的是，她的眼光，裡頭不再有閃避和痛苦。

「尼珂……」

「我回來了。」

他們緊緊擁抱，余有志悔恨交集。他曾像躲避戰亂和時疫，丟下了他的老婆，讓她獨自面對疾病和死亡。在他心裡，他是把她當作已經死了般，讓自己得以繼續活下去。但尼珂沒死，她溫暖柔軟地在他的懷抱裡，流著不知是喜悅還是愁怨的水。

尼珂的康復情形良好，醫院檢查報告，癌細胞已經無法察測。打坐練功調息，營養有機素食，尼珂又回到人間。第一晚，他們舉杯慶賀，藉著幾分酒意，他把久違的老婆抱上床去。自從手術後，尼珂就不跟他親熱了。但是尼珂抓住他探進睡衣的手，不讓他繼續，他親吻著她的額頭，兩人默默依偎，尼珂一會兒便呼吸沉緩睡著了。他了無睡意。朵雲。朵雲。朵雲人在台灣，卻不能相見。對尼珂的歉意和溫柔，此刻被對朵雲的慾望和思念所取代，他漸漸硬起來，不得不輕輕推開懷裡的人，往床另一邊靠去。

朵雲接到約見的消息時，第一反應是刪除。那素來冷硬、聽從指揮的手指，卻顫抖著無法執行。或許，這竟是老余最後一條短信了？此後，沒有任何東西幫她記住這個人，沒有微信、LINE、短信和電郵，什麼都沒有。一切，唯有記憶，而記憶是什麼，不過是發生在兩個人之間絕對私密的片斷，從未公諸於世，未被認證，如花似霧脆弱易逝。她在這頭，他在那頭，中間連著記憶之橋，他消失了，這記憶之橋要連向何方？只能轟然傾頹，倒入滾滾東逝水罷了。

我從不尋覓男人，只是邂逅，我不迷戀，只是不拒絕。這是朵雲的自述。

嚴格來說，她從未戀愛過。她可以把身體打開交出去，但不是心。身體算什麼呢？不過是司控接收各種感覺的器官，滿足它，它就不渴不饑，就安靜下來。戀和愛這兩個字，都有心字偏旁，還有情和意，思和念，悲和惻。

錯了，性也有心字邊。慾也有。朵雲低估了身體對心靈的影響力。有愛就想有性，有性難道不會想愛？所有的兩性相吸，一開始不全都是肉體嗎？她愛什麼？當老余為她按摩痙攣的臀部，看著那副老態已現的男性肉體，腹肉鬆掛，長著幾叢長毛的胸口淌汗，稀疏的頭髮黏在頭皮上，同樣鬆弛垂墜著的是黑毛下縮短軟疲的陽具。她感到心疼，好像看到南征北伐勇武的戰士，脫下戰袍後身上纍纍的傷痕。當這副肉體沒有在忙著吸引她，給她歡娛時，她為它感到心疼。她好奇老余背上的胎記，左腰上的那道舊疤，小腿上的新傷，好奇他的過去、現在和未來，但她忍住沒有問。

上次返台見面，竟是兩人的最後一回。他們在陽明山一家日風溫泉旅館，榻榻米上茶几，茶几上茶具和幾塊糕點，窗外一條小溪，流水潺潺。溫泉水接到房間浴池，他們先泡了一會兒，出了汗，起來套上浴袍，跪坐在茶几上喝茶，老余拈了塊綠豆糕到她嘴裡，她咬住他手指。

榻榻米上，任何姿勢都不受床大小和軟硬的影響，這回她當女牛仔，騎得大汗淋漓。老余不甘示弱，把她推至牆邊，從後面使勁撞，她站不住了，春水洶洶，從大腿、小腿往下滴淌，榻榻米上溼了一塊，顏色暗下去。兩人就像孩子一樣，玩著自己和對方的身體，世界只有他們兩個人，親密如此可觸可感，她的身體銘刻了所有一切。之後，他們相擁面對面躺倒，兩人的呼吸一起由快漸慢，她感到吸進的是老余呼出的空氣，一呼，一吸，漸漸沉緩，眼皮再也睜不開，一呼一吸，身體變輕，浮到了半空中。

老余……

他們約在母校附近一個僻靜巷弄的咖啡館，點了兩份早餐。上午尼珂要練養身功，老余是溜出來的。他沒說，但朵雲一看這見面時間的尷尬倉促，已然猜知老余身不由己。

他們行禮如儀地問候，盡職吃著盤裡的土司和煎蛋，啜著忘了加奶和糖的苦咖啡。他們不看對方一眼，眼光迴避著，專注在自己的食物，即使朵雲今天細細描畫了唇眉，老余穿著格外整齊。

「我很抱歉。」老余終於說。

「抱歉？」朵雲笑，「對我？還是對她？」

「朵雲……」

朵雲作了個停止的手勢，她生怕有一絲憐憫浮現在老余睡眠不足而掛著眼袋的臉，更怕自己會流露任何依依的情意。「這是好事，她好了，這是好事，我們不過是……」她說不下去了，眼前閃現彭素琴倔強的背影。彭素琴不會這樣說，她愛爸爸，我的爸爸，她不願離開，他們不願分開。

「我真的希望，我們……」老余困難地找尋字眼。

「我們，還是朋友，一直是。」朵雲很快接口，察覺嘴唇在抖。

原來，沒有口頭承諾也不保證什麼。他們打情罵俏，總是嘻嘻哈哈，沒往心裡去，至少她沒有，她以為。現在都要分開了，再說這些作什麼？朵雲深吸一口氣，感覺胸口隱隱刺痛。「我們不要再見面了。我不當第三者，以前就說過，那時以為，以為她……」

那時不覺得自己介入老余的婚姻，因為女主人早就缺席了。或者說，她以為要抽身很容易，她甚至不住台灣。現在也沒那麼難吧，她想，就是冷酷一點，對老余，對自己。冷成一塊石頭，什麼都感覺不到。

妳聽我說，我現在不能提離婚，她是重獲新生，沒有人忍心這時候去傷害她。」老余抓住她的手。

「我知道，你好好陪她，我沒事的，真的。」她縮回手，不能忍受跟老余肌膚的接觸，喚醒太多回憶。她起身，想儘快結束。

兩人這才發覺，不知何時已經下起雨。雨勢不小，兩人站在咖啡館的玻璃門前，默默望著雨簾，好像在等雨停，又像希望雨永遠不要停。雨一停，他們就要離去，跟對方說再見。

美麗的裙子

推薦一個產品時，必須想像它無與倫比的美，想像對它深情眷戀，奢侈品市場不是關於供需，是關於慾望，必須在內裡創造這種慾望，直到身體都能感受到它，得不到就空虛……

梁馬克在手機記事本上鍵入這行字。

淮海路上的精品買手店硬體軟體都接近完成，月底就要舉行開幕酒會，時尚雜誌、周刊上的專訪和專稿已經陸續發出，也沒漏掉自媒體上受到粉絲追捧的時尚潮人。所有的宣傳文稿集中推廣個人不應被動全盤接受國際奢侈品牌，而是主動出發去尋找所愛；獨特的文化、歷史和品味，都在催動消費者去尋找更適合自己的精品。人們應該先看到一件剪裁獨特、手工精細的裙子，而不是它的品牌。

那條不規則剪裁的連衣裙，是買手從西班牙一家手工店淘來的，那是一位正展露頭角設計師的傑作，離開當地無人知曉。它的標價比原來的翻了至少二十倍。它的花色高雅，剪裁精巧，面料彈性極佳，穿上去熨貼著身材，奇妙的是，把衣服在身上由後往前擰轉，即變成短斜裙，後面的開叉移至大腿邊，頓時顯得活潑性感。一衣兩穿，就看自己的喜好，真是越看越美，越看越愛。

露露不信。「裙子能有多美？是穿的人美，人美穿什麼都好看。」

那裙子被供在透明櫥窗裡，燈光一打，就不再只是裙子了，它有強大的磁場，吸引著女人的眼光，勾引她們的慾望。馬克繼續在記事本上寫著什麼，露露一把搶過扔到沙發上，「跟我在一起時，不要玩手機。」

「我不是在玩，我在工作。」

「那更不行。」露露雙手吊在他脖子上，猴子般身手矯捷，兩腳勾住，整個人攀住他。

微信叮噹。他抱著露露去拿手機，露露擋他，呵他癢，但他還是拿到了。點開微信，Liz頭像邊有紅點。該不會有什麼最後一分鐘的會議吧？今晚露露要在這裡過夜的。

「馬克，今晚有空嗎？」

「什麼事？」

「想找你聊聊，出來喝一杯？」

出來喝一杯？

露露搶過手機，「是誰啊？約你出去？」

馬克搶過手機。「說好不看對方手機的。」

露露搧搧接上去的假睫毛，從馬克這個角度看去，睫毛還有紅暈。露露張開嘴想說什麼，她化著流行的咬唇妝，雙唇中央的顏色最深，像咬過似的，讓馬克很想咬一口。好熱的一個女孩，多情熱心腸，握住她多肉的手掌，一團火熱便立時傳遞過來。開心時捧著肚子笑，傷心時鼻水淚水齊流不怕醜，美瞳拿掉，濃妝卸掉，也是個可以帶回家見父母的鄰家女孩。

「乖，」馬克說，「就是一個同事，半個領導。」

「你想上她？」

馬克不懂為何女人有這種直覺，但是，此刻，他覺得他並不想，不想了。感覺上，他好像是跟 Liz 做過了，在一個雨夜，一個同樣在潮溼雨水中糾纏不休的故事裡，他做過了。那裙子給露露穿會很美，但露露不見得要穿它才美。他覺得最明智的做法是，從櫥窗裡欣賞那條裙子，跟 Liz 保持專業的工作夥伴關係。有些事，適可而止。六個月前，他會以為拒絕 Liz 的邀請是腦子進水了，但現在他卻在微信上寫著：不好意思，今晚在外地呢！

第一百封信

回上海的前一天，朵雲磨磨蹭蹭，近晚飯時分才進家門。沒出嫁的女兒，這裡永遠是她的家，即使她在台北有套房。

大門沒鎖。

「媽？」

天花板的燈，跟二十年前一樣昏黃，照著老房子裡的破舊廚房，媽媽坐在椅子上講電話，一面還在紙上記著。轉頭看到她，點點頭。每個月給媽媽的錢都用到哪裡去了？這房子早該整修了。她換上拖鞋，像小時候那樣拖著腳沙沙走上前。

「好，我知道了，好，不用客氣。」

「跟誰講電話啊？」

媽媽看她，露出笑容，「冬瓜湯煮好了，有筍乾排骨肉，九層塔炒蛤仔，再炒個菜就可以了。」

獨居的媽媽，廚房還是像過去那樣，收拾得整整齊齊，味道也一樣讓朵雲流口水。她沒下過廚房，只有不愛讀書的妹妹學到了媽媽的幾分廚藝。

朵雲很少回家，總說工作太忙。剛回國那些年，媽媽很熱心幫她介紹對象，這幾年息鼓偃旗了。「啊我看妳是不想要嫁。」終於有了這層領悟，朵雲耳根清淨了。

母女對坐吃飯，兩人都有心事，無話。從小，朵雲的話都是跟爸爸說的，她一直是爸爸的女兒，媽媽是屬於弟妹的。媽媽總是忙，在上班之餘忙著洗煮，忙著給他們置辦上學需要的衣物，看到房間雜亂，「槍打過似的」念兩句，爸爸責罰他們時，勸兩句。一個逆來順受，溫柔賢慧的媽媽，只有在趕走爸爸時，顯露了硬氣。忍辱負重，都是為了孩子。她聽小阿姨說，為姊姊抱不平。

朵雲恨忍辱負重的媽媽。媽媽應該跟她說的，她們應該站在同一陣線留住爸爸的。朵雲一想到過去，腦子就亂，平日的邏輯分析全派不上用場。當年，傷口太新，她不敢提，現在，一切都埋得太深，難以挖掘。如何去訴說慘綠少年時被殘酷背叛的事，當主線支線所有愛恨交纏到理不清，抽出一條線頭全是解不開的結。這麼多年，她只有幾個月前在上海酒館，對一個不知姓名的男人吐露過故事的一部分，說完走出店來，在路邊哇地吐得一地。反胃，深深地。

因為無從說起無話可說，她盡量多吃點菜，媽媽似乎也是同樣的心思，難得女兒回來陪著吃飯，兩人默默把飯菜一掃而空。

朵雲幫著把桌子收拾乾淨，準備洗碗，媽媽來幫她繫上圍裙，媽媽的手有點抖，「別打破碗。」

「小看我。」

「妳一輩子也沒洗過多少碗。」

「我才幾歲，還一輩子咧。」朵雲笑。

「妳也不小了。」媽媽眉心深軋兩道溝紋。

「我一個人很好。」她笨拙地戴上長長的橡膠手套。

「朵雲，」媽媽頓了一下，「明天幾點的飛機？」

「中午。」

「能改嗎？」

「為什麼？」

「剛才那個電話，是彭素琴。」

朵雲一驚，面無表情。爸爸，死了？

「妳爸爸生病了，妳最好去看看他。」

「我不去。」

「朵雲，妳爸爸得了老年失智，什麼都不記得，只記得妳。」

彭素琴從半年前開始打電話給媽媽。一開始，媽媽很錯愕，二十年過去，現在有什麼話可說？彭素琴叫她大姊，說爸爸病了，兩年前確診，這半年惡化得什麼都忘了，老鄰居和老同學都叫不出名字，看照片只認得朵雲。當年他帶了一張全家福照片，照片裡的朵雲讀高中。最近常問起朵雲，什麼時候放學回家？

朵雲戴著橡膠手套的手死命掩住嘴，像被闖入者掩住，透不過氣。

「明天，一起去吧，去看看。」

朵雲沒法出聲，只是搖頭。

「到這時候，沒什麼好計較了，我都願意去看看，妳做人家女兒的，怎麼……」

「妳不知道。」

「不知道什麼？」

「我，那時候，給他寫了多少信，勸他回頭，」朵雲啞著聲音很快地說，「他不回頭，不回頭也就罷了，卻連一封信都沒……」深深的挫傷和失意如潮水湧上，彷彿昨日重現。

媽媽長歎了口氣，不再言語。朵雲匡噹匡噹洗起碗，水花濺得地板溼了一灘，一個日式藍底金邊的厚圓盤，剛才盛著香噴噴筍乾排骨肉的，手一滑，在槽裡裂成兩半。

一封信，哪怕只是一封回信，解釋給她聽，這一切是為什麼。或許她可以理解，或許在她長大後可以理解。然而，爸爸只是冷酷地保持沉默，對女兒的哀告恍若未聞。沒有比拒絕溝通更無情的了。

爸爸記得她，只記得她。忘掉了弟弟、妹妹，忘掉了媽媽，甚至連枕邊人是誰都叫不出來。但是記得她，朵雲，My lady。

朵雲陪媽媽看電視，在電視訪談笑鬧的喧囂裡，她們跌入各自深深的靜默。一個願意去看望，因為他記得，一個則正因為他忘了，遺忘，讓所有恩仇提早結束。

朵雲回到房間，精疲力竭，只想倒頭大睡。這個房間在她搬走後，成了妹妹一人的閨房，上下鋪換成一張席夢思，妹妹出嫁後就一直空著。房裡擺的都是妹妹的東西，她的舊時衣物被放進紙箱，塞到床底下。環顧四周，只有床上擺的小熊寶寶是她的，穿的毛線背心是她親手織的，顏色從靛藍褪成灰藍了。書桌上那個缺了一角的圓鏡也是她的，讀書累了時，她會照照鏡子擠青春痘。還有，圓鏡旁的那一大束信件，看來，也是她的。她胸口劇烈起伏，無法再往前。不用數，也知道有九十九封。

不知道過了多久，朵雲終於有勇氣在書桌旁坐下來，抽出一封信，聽少女朵雲絮絮地訴說。隨意讀了兩三封，信的內容熟悉又陌生，帶著文藝腔，十幾歲女孩對愛情的理解，義正辭嚴黑白分明，不明白感情有那麼多曖昧不明的灰色地帶。

爸爸：記得那年的秋天嗎？您接受仁恕中學的聘書，從南部來到了這個小鎮。您在學校附近的一個老實人家租了頂樓搭建的房間，每天除了上課，總是關在房間裡看書，或是在陽臺上吹口琴，鴿子曾在您身上落下糞便。有一天，有人敲開您的門，是房東要女兒送上來一架舊的電風扇，你穿著有破洞的汗衫，臉都紅了。那個小姐比您大一歲，在戶政所上班，她說喜歡聽您吹口琴，您鼓起勇氣說可以教她。結婚的嫁妝裡，有一對日製的口琴，裝在一個襯著深紅色絨布的盒子，就擺在您的書房裡。您有多久沒吹了？什麼時候，跟媽媽再合吹一首？

爸爸：什麼是愛？我只知道，您跟媽媽結婚時許下了愛的誓言，要相守一生。這一生，才過了一半呢！當護士把我抱給您時，您激動地流下淚來，您跟媽媽說，您會一輩子守護這個可愛的angel。爸爸，我都還沒長大呢！我們一家四口對您的愛，難道不及她？您是鎮上最受歡迎的英文易老師，她不過就是一個找不到工作沒有男朋友的女人。爸爸，誰都看得出她配不上您，也不會像我們一樣愛您直到永遠。什麼樣的女人，會介入別人的家庭，殘忍奪走別人的先生和爸爸？難道您竟可以為那樣一個女人，不再愛我們？

少女朵雲怎麼會料到，之後她將一路追尋，只為能像彭素琴和爸爸那樣，義無反顧地去愛。如果有那麼一個人讓她願意捨棄一切只求不放手，她會如在天堂吧。然而，愛情的花朵含苞卻沒能綻放，一個個在枝頭徒然變軟蔫掉。手裡的信箋如鵝毛緩緩墜地，悔恨的浪頭，瞬間將她淹沒。

喃喃的誦讀聲，把她從浪頭裡救出來。男人坐在書桌前，一手摩著大腿，一手拿著一封信，看得津津有味，不時還喃喃讀出聲來。他突然抬頭看進朵雲的眼睛，那眼裡有抑不住的激動。我正在讀一封我寫給你的信，我要告訴你，一件很重要的事……

朵雲伸出手去，抓到的是身上的毛巾被。媽媽一定進來過了，給她熄燈蓋被。媽媽總是這麼不動聲色。以為她是背叛者，沒想到她還是攔截者。放在爸爸桌上的信，是不是都被她搶先一步攔截了呢？

朵雲坐了起來，擰開檯燈，開始一封封重讀少女朵雲的信，她記得寫這些信時的艱難，在還未能經歷愛情時，試圖去跟大人說愛情。少女朵雲所描繪的感情烏托邦，她沒能親身經歷，少女朵雲斬釘截鐵要爸爸放棄的，可遇不可求。你若能愛，為何不愛？這一刻，她強烈思念起老余，如海般深的絕望，讓整個人都微微顫慄。

離開那個女人，否則我拒考！這是少女朵雲激憤的賭誓，把最寶貴的未來押上，第九十九封信。然而，這卻不是最後一封。在這信的後頭，還有一封，上頭寫著「給女兒朵雲」。

高雄，赤烈炎酷的太陽，她跟媽媽坐進一輛冷氣壞掉的計程車，下車時，大腿在椅子上留下兩道溼印子。她不記得來過高雄，這個南部大城看來十分繁華，店招燈箱密密麻麻。車子拐進一條陌生的巷道，停在一個陌生的門前。一個胖胖的中年婦人來開門，「大姊，朵雲，請進請進。」在前頭帶路，曾經固執刻在朵雲心版上一堵攻不破城牆的倔強脊背，被時光烤軟了，像麵包般發酵膨脹。

小小的客廳裡，老人雙腳縮起在籐椅上，正在啜一根花生冰棒，他的頭完全禿了。時光對朵雲狠狠搧了一個耳光，她有一時的昏眩。

「你看誰來了？」彭素琴過去輕撫老人肩頭，老人打量她們母女，瞪大眼睛。

「是朵雲啊，你不是一直說要找朵雲？」

「朵雲？」老人的聲音鬆啞，多年教師生涯早讓他聲帶長繭，現在他遲疑又充滿期待地問，「朵雲什麼，什麼時候放學？」

朵雲聽到有人在抽泣。多麼可怕，多麼可怕的銘記和遺忘。房間裡四個人都不說話，每個人都在捱受自己的苦杯，苦杯只能自己去飲，誰能替代誰？我的愛，我一生的至愛。

朵雲：

二十年了，我以為一切都已經過去，但是當彭小姐開始打電話來，求我勸妳去看他時，我疑惑了。他病得這麼重，卻只念著妳，或許是因為妳跟他的結還未解開？我知道妳恨他，妳的爸爸，我更知道妳愛他，一直都愛，在這些信裡，我看到妳對他深深的愛，當年讀信時我忍不住流淚，不是為了作為妻子的自己，而是為了妳。

妳的第一封信，向我揭示了先生背叛的祕密，我立刻把它藏起。我希望能給自己一點時間，作出正確的抉擇。或許我也暗暗希望，妳爸爸不過是一時糊塗，只要不點破，一段時間後，他或許就迷途知返，那麼這個家又能回到從前。然而，妳就像妳爸爸一樣，認定了目標絕不放棄，妳的信一封接著一封，我每日膽顫心驚，就怕哪天信真的被妳爸爸看到了，一切就再也不能挽回。然而，信越積越多，妳爸爸也越行越遠。我知道，他不會回頭了，這時，我想要維護的是這個家庭的完整，我也不希望分手的必然結局影響了妳的學業。

現在，我必須告訴妳一個祕密，我以為永遠不會對任何人說的祕密，而它，也跟妳的信一樣，是關於愛情。朵雲，媽媽必須跟妳坦白，早在妳爸爸有彭小姐之前，我對他的愛情就消失了。我對他失去了激情，在一起只是習慣、義務，我覺得很壓抑，也很內疚。知道他再戀愛時，我有被背叛的憤怒，但也隱隱感到解脫。我不需再背負這種不愛的重荷了。長久以來，我是那麼不快樂，感覺不到作為女人的快樂。

如果不是因為我的怯弱，不想失去這個家，不想失去你們，我早就讓他自由了。他自由，我也自由了。

所以，朵雲，不要恨妳爸爸，他不過是自私地追求自己的幸福，而我也是自私的。孩子，媽媽在這裡懇求妳的原諒，希望妳也能自由。

媽媽

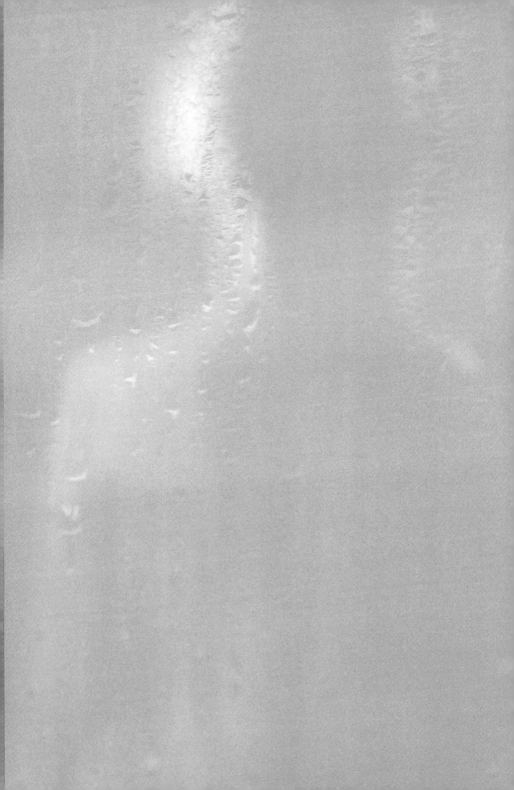

【附錄】發表出處

不倫	刊登於《聯合文學雜誌》第三百三十四期	二〇一二年八月
告解	刊登於《自由時報・副刊》	二〇一四年十月五日—七日
攀岩	刊登於《聯合報・副刊》	二〇一五年三月三日—四日
散步	刊登於《聯合報・副刊》	二〇一二年八月二十六日—二十七日
丹尼與朵麗絲	刊登於《幼獅文藝》第七〇三期	二〇一二年七月
回音壁	刊登於《聯合報・副刊》	二〇一四年九月一日—二日
閨中密	刊登於《聯合文學雜誌》第三五〇期	二〇一三年十二月
九十九封信	刊登於《美國世界日報・小說版》	二〇一五年二月二十一日—三月二十九日

國家圖書館出版品預行編目資料

不倫 / 章緣著. -- 初版. -- 臺北市 :
聯合文學, 2015.03
216面 ; 14.8×21公分. -- (聯合文叢 ; 585)

ISBN 978-986-323-101-1(平裝)

857.63 104001829

聯合文叢 585

不倫

作　　者／章　緣
發 行 人／張寶琴
總 編 輯／周昭翡
主　　編／蕭仁豪
資深編輯／尹蓓芳
資深美編／戴榮芝
業務部總經理／李文吉
行銷企劃／許家瑋
發行助理／簡聖峰
財 務 部／趙玉瑩　韋秀英
人事行政組／李懷瑩
版權管理／蕭仁豪
法律顧問／理律法律事務所
陳長文律師、蔣大中律師
出 版 者／聯合文學出版社股份有限公司
地　　址／110 臺北市基隆路一段178號10樓
電　　話／(02)27666759轉5107
傳　　真／(02)27567914
郵撥帳號／17623526 聯合文學出版社股份有限公司
登 記 證／行政院新聞局局版臺業字第6109號
網　　址／http://unitas.udngroup.com.tw
E-mail:unitas@udngroup.com.tw
印 刷 廠／鴻霖印刷傳媒股份有限公司
總 經 銷／聯合發行股份有限公司
地　　址／新北市新店區寶橋路235巷6弄6號2樓
電　　話／(02)29178022

出版日期／2015年3月　初版
2018年3月30日　初版二刷第一次
定　　價／280元

ISBN 978-986-323-101-1（平裝）